LA

FORÊT ENCHANTÉE

OU

TRANQUILLE ET VIF-ARGENT

CORBEIL. — IMPRIMERIE CRÉTÉ.

LUCIEN PEREY

LA

FORÊT ENCHANTÉE

OU

TRANQUILLE ET VIF-ARGENT

DESSINS HORS TEXTE PAR LA JEUNE EMY DE WILKE

VIGNETTES PAR Mmes ED. BERTRAND ET MASSET

C · L

PARIS
CALMANN LÉVY, ÉDITEUR
ANCIENNE MAISON MICHEL LÉVY FRÈRES
3, RUE AUBER, 3

1890

A

IVONNE CEILLIER ET A ROGER MAUGRAS

INTRODUCTION

Grand'mère[1] est de retour depuis le matin d'un séjour de deux mois dans le Midi, nécessité par sa santé délicate. Les enfants sont allés avec leur mère l'attendre à la gare, puis ils l'ont laissée se reposer pendant la matinée, non sans avoir demandé dix fois s'ils pourront bientôt entrer chez elle. Enfin grand'mère sonne et fait dire à Jane de les amener.

JAVOTTE, *sautant au cou de sa grand'mère.*

Quel bonheur que vous soyez revenue, grand'mère! Vous ne partirez plus, n'est-ce pas?

1. La grand'mère, ainsi que Pierre et Javotte, figurent déjà dans le conte de *Zerbeline et Zerbelin*, qui a paru l'année dernière.

GRAND'MÈRE.

Non, ma chérie, pas de sitôt, du moins.

PIERRE, tournant autour de la table sur laquelle sont plusieurs cartons.

Je suis sûr, grand'mère, qu'il y a des choses pour nous, dans ces boîtes-là.

JAVOTTE, le poussant du coude.

Il ne faut pas demander ça !

PIERRE.

Je ne demande pas, je dis que je crois qu'il y a des choses pour nous.

GRAND'MÈRE.

Eh bien, ouvre cette grande boîte.

PIERRE, l'ouvrant.

Oh ! quelle belle poupée ! c'est pour Javotte, ça.

JAVOTTE, émerveillée.

Je crois qu'elle est grande comme un vrai petit enfant. Oh ! merci, grand'mère.

Elle prend la poupée dans ses bras.

GRAND'MÈRE.

Maintenant, Pierre, ouvre la seconde boîte.

PIERRE, l'ouvrant.

Ah ! c'est un ménage. (Un peu sérieux.) C'est encore pour Javotte.

GRAND'MÈRE.

Oui, c'est un ménage complet, tu pourras inviter tes

petites amies à goûter, Javotte, et leur servir du thé et des gâteaux dans ton ménage, il n'y manque rien.

JAVOTTE.

Encore ce beau ménage! Oh! que je suis contente! (Regardant Pierre avec inquiétude.) Mais il y a encore une boîte, grand'mère, elle est pour Pierre, celle-là, n'est-ce pas?

GRAND'MÈRE.

Regarde.

Javotte, ouvrant la boîte, ne dit rien et devient très rouge en apercevant un joli petit nécessaire contenant tout ce qu'il faut pour coudre.

GRAND'MÈRE.

Eh bien, Javotte, tu ne dis rien, ne le trouves-tu pas joli ton nécessaire?

JAVOTTE, troublée.

Oh! si, très joli, mais...

Elle regarde Pierre.

GRAND'MÈRE.

J'ai pensé, Pierre, que tu étais trop grand pour recevoir des jouets, c'est pour cela qu'il n'y a rien pour toi là dedans. Tu n'es pas fâché que les trois boîtes soient pour Javotte?

PIERRE, cherchant à cacher son désappointement.

Oh! non, cela ne fait rien, grand'mère; je croyais seulement qu'il y avait peut-être une boîte pour moi, mais je ne suis pas fâché que Javotte en ait trois.

GRAND'MÈRE, embrassant Pierre.

Bravo! Pierre, voilà une petite épreuve que je t'ai fait subir et dont tu t'es fort bien tiré. Je ne t'ai point oublié, mon cher enfant : regarde un peu par la fenêtre ce que Michel déballe dans la cour.

PIERRE.

Un vélocipède! oh! grand'mère, quel bonheur! Je vous remercie bien; c'est un fameux cadeau que vous me faites là!

GRAND'MÈRE, souriant.

Je me suis souvenue que tu trouvais que c'est le plus beau des cadeaux. Va le regarder de près, car je vois que tu en m eurs d'envie.

PIERRE.

Merci, grand-mère, viens-tu, Javotte?

JAVOTTE.

Oui, et puis je reviendrai voir ma poupée. (S'arrêtant tout à coup.) Mais, Pierre, tu n'as pas demandé à grand'mère si...

PIERRE.

Si quoi?

JAVOTTE, tout bas.

Si elle sait une nouvelle histoire.

PIERRE.

Ah! oui. Grand'mère, avez-vous appris un nouveau conte pendant ces deux mois pour nous le conter?

GRAND'MÈRE, souriant.

Déjà! mais laissez-moi arriver, mes enfants.

JAVOTTE.

Oh! nous vous laisserons tout le temps d'arriver, grand'-mère; il est midi, il y a encore longtemps jusqu'à ce soir.

GRAND'MÈRE.

Oh! non, par exemple, pas ce soir, je suis trop fatiguée.

JAVOTTE.

Alors demain?...

GRAND'MÈRE.

Nous verrons.

PIERRE à JAVOTTE, bas.

Quand grand'mère dit « Nous verrons », c'est toujours oui!

JAVOTTE.

C'est vrai!

Ils sortent joyeux.

Dès le lendemain matin, les enfants frappent à la porte de grand'mère et se précipitent dans la chambre aussitôt qu'elle dit : Entrez!

PIERRE.

C'est dimanche aujourd'hui, grand'mère, je serai toute la journée à la maison, à quelle heure nous conterez-vous l'histoire?

GRAND'MÈRE.

Ah! c'est donc entendu, que je conterai une histoire?

JAVOTTE.

Vous avez dit hier « Nous verrons »; alors nous avons cru que c'était entendu.

GRAND'MÈRE.

Eh bien, soit, je tâcherai d'en retrouver une dans ma tête d'ici à ce soir.

JAVOTTE, ingénument.

Vous les tenez dans votre tête vos histoires, grand'mère?

PIERRE, éclatant de rire.

Ah! cette Javotte! tu crois que grand'mère tient ses histoires dans sa tête comme dans un tiroir! Mais non! ça veut dire qu'elle cherche à se les rappeler; c'est comme quand on étudie une leçon; tu ne sais pas ça, toi, parce que tu n'étudies rien.

JAVOTTE.

Mais si! Pierre, j'apprends des fables, je lis, j'écris et j'étudie mon piano.

PIERRE, l'interrompant.

Ah! ton piano! tu fais aller tes cinq doigts l'un après l'autre, *do ré mi fa sol, sol fa mi ré do*. Voilà tout ce que tu sais faire, tu n'as pas besoin de te creuser la tête pour ça.

JAVOTTE, confuse.

Je n'ai pas dit que je me creusais la tête.

GRAND'MÈRE.

Eh bien, je vois que rien n'est changé et que tu n'as pas perdu l'habitude de taquiner ta sœur, Pierre.

PIERRE.

Alors, l'histoire est pour ce soir, bien sûr, grand'mère?

GRAND'MÈRE.

Oui, bien sûr.

JAVOTTE.

Si vous vouliez nous dire seulement comment elle s'appellera.

GRAND'MÈRE, après avoir réfléchi quelques instants.

Elle s'appellera : *la Forêt enchantée.*

PIERRE.

Oh! quel beau nom, n'est-ce pas, Javotte?

Javotte ne répond rien et devient très rouge.

GRAND'MÈRE.

Tu n'aimes pas ce nom-là, ma mignonne?

JAVOTTE, timidement et tout bas à grand'mère.

Pardon, grand'mère, mais je ne sais pas ce que c'est qu'une forêt enchantée.

GRAND'MÈRE.

Tu l'apprendras ce soir.

PREMIÈRE VEILLÉE

Le soir arrivé, les enfants tout joyeux reprennent leurs places accoutumées.

JAVOTTE.

Quel bonheur que vous soyez revenue, grand'mère, et quel bonheur que vous ayez retrouvé votre conte ; car il est retrouvé, n'est-ce pas?

GRAND'MÈRE, *souriant.*

Oui, je crois qu'il est retrouvé.

Il y avait une fois, dans le pays des Grandes-Indes, une ville bâtie sur une haute montagne; on la voyait de très loin, mais il était très difficile d'y arriver, elle était entourée de trois côtés par une immense forêt qu'on appelait *la Forêt enchantée*, parce qu'on la disait habitée par des fées et des enchanteurs. Le jour n'y avait jamais pénétré, et, depuis des siècles, personne ne s'était jamais aventuré dans la sombre forêt.

JAVOTTE.

Et comment savait-on qu'elle était sombre, puisque personne n'y était entré?

GRAND'MÈRE.

En passant sur les bords, on apercevait des arbres immenses dont les branches entre-croisées formaient une grande voûte. Mais les ronces et les épines avaient poussé si épaisses sur le chemin, qu'on ne pouvait y mettre un pied, et puis des plantes grimpantes s'étaient enroulées autour des branches, s'élançant d'un arbre à l'autre, et formant comme un rideau de feuillage; il était aisé de voir que le jour ne pouvait pas pénétrer dans ce fouillis.

Le roi était marié depuis peu d'années à une princesse qu'il aimait beaucoup et dont il faisait toutes les volontés. Un beau jour la reine lui demanda d'aller chasser dans cette forêt; le roi refusa d'abord en lui représentant les dangers auxquels elle s'exposerait, mais tout fut inutile, la reine s'obstina dans son désir et le roi finit par céder. Ils partirent donc pour la chasse, et parvinrent à pénétrer dans la forêt. Tout se passa très bien au commencement, mais, tout à coup, au détour d'une allée, la reine disparut sans qu'il fût possible de la retrouver.

Le roi, ne pouvant se consoler de la perte de sa femme, résolut de retourner seul dans la forêt pour aller encore à sa recherche. Il ne voulut exposer personne aux dangers qu'on y courait; il confia son fils, Vif-Argent, âgé de quatre ans à peine, à un vieux sage de ses amis en lui recommandant de veiller à son éducation s'il ne revenait pas, et, après avoir tendrement embrassé son petit garçon, il partit.

JAVOTTE.

Oh! mon Dieu! quelle horreur!

GRAND'MÈRE.

Que trouves-tu là d'horrible?

JAVOTTE.

Mais de confier son petit enfant à un vieux singe!

PIERRE, riant aux éclats.

Ah! en voilà une bonne, par exemple. Ce n'est pas un vieux singe, c'est un vieux sage que grand'mère a dit.

JAVOTTE, confuse.

J'ai entendu un vieux singe... Mais, grand'mère, qu'est-ce que c'est qu'un vieux sage?

GRAND'MÈRE.

C'était un vieillard très savant et très raisonnable, qui vivait dans une grotte, occupé à lire et à travailler.

JAVOTTE.

Alors les vieux sages vivent dans des grottes, grand'mère?

GRAND'MÈRE.

Pas tous, il y en a quelques-uns ailleurs. Celui-là était d'une grande sobriété et se nourrissait seulement de fruits sauvages et d'œufs pondus par des poules qu'il élevait.

JAVOTTE.

Et les poules mangeaient aussi des fruits sauvages, grand'mère?

PIERRE, impatienté.

Qu'est-ce que ça fait ce que les poules mangent ou ne mangent pas! Il faut toujours que tu arrêtes l'histoire!

GRAND'MÈRE.

Il faut que je l'arrête moi-même un instant, mes chéris, car je désire parler à votre mère.

Elle sort.

JAVOTTE.

Pierre, la trouves-tu jolie, cette histoire?

PIERRE.

Oui, assez jolie.

JAVOTTE.

Moi, je n'aime pas du tout ce vieux sage et sa grotte, ni cette forêt où on ne peut pas entrer. J'aimais bien mieux *Zerbeline et Zerbelin*, et toi?

PIERRE.

Nous verrons; l'histoire ne fait que commencer.

JAVOTTE, secouant la tête.

C'est égal, j'aimais mieux l'autre.

GRAND'MÈRE, rentrant.

Voyons, où en étais-je?

PIERRE.

Au vieux sage, grand'mère.

GRAND'MÈRE.

Très bien. Après avoir confié le petit prince à Phanor, c'était le nom du sage, le roi partit à cheval ; ses écuyers et ses chambellans l'accompagnèrent jusqu'à l'entrée de la forêt; là il les congédia, en leur défendant de le suivre. « Si je ne reviens pas, dit-il, vous reconnaîtrez mon fils pour roi, et Phanor pour son premier ministre. Adieu, mes amis, faites des vœux pour que je retrouve la reine, car j'aime mieux mourir que de vivre sans elle. » Tout le monde se mit à pleurer, car le roi était bon et très aimé de ses sujets. Cependant, il y avait dans sa suite deux méchants courtisans, à qui cela ne faisait rien du tout qu'il partît et ne revînt jamais : seulement, ne voulant pas qu'on s'en aperçût, ils avaient eu soin de prendre un oignon dans leur poche et de se frotter vite les yeux avec, pendant que le roi parlait, de sorte qu'ils pleuraient encore plus fort que les autres.

Les jours, les semaines et les mois s'écoulèrent sans qu'on vît reparaître le roi. Enfin, au bout d'une année, le sage Phanor rassembla le conseil et fit proclamer roi le petit prince, et lui premier ministre.

Mais, Javotte, tu ne dis plus rien et tu as l'air tout triste, est-ce que l'histoire ne te plaît pas?

JAVOTTE, timidement.

Si, grand'mère.

GRAND'MÈRE.

Oh ! voilà un « si » qui n'est pas dit de bon cœur. Voyons, ma chérie, parle franchement.

JAVOTTE, hésitant encore et prête à pleurer.

Je crois que l'histoire est très jolie, grand'mère, mais il y a beaucoup de mots que je ne comprends pas, et toutes les

Grand'mère raconte à ses petits enfants *la Forêt enchantée.*

fois que je fais une question, Pierre se moque de moi ou bien se fâche parce que j'arrête l'histoire, alors je n'ose plus rien demander.

Elle pleure.

GRAND'MÈRE, prenant Javotte sur ses genoux.

Voyons, ma mignonne, il n'y a pas là de quoi pleurer, il faut t'habituer à entendre Pierre plaisanter. Quant à arrêter l'histoire, tu peux toujours me questionner lorsque tu ne comprends pas. Allons, essuie tes yeux, et dis-moi ce que tu n'as pas compris.

JAVOTTE, naïvement.

Je ne sais pas ce que c'est que des courtisans, grand'mère, ni des chambellans, et je n'osais pas vous demander si c'était des hommes ou des bêtes, parce que j'avais peur que Pierre ne se moque de moi comme pour le vieux singe.

GRAND'MÈRE, riant malgré elle.

Ce sont des hommes, Javotte; les chambellans font le service du roi et l'accompagnent, et les courtisans sont les personnages de la cour qui l'entourent et lui servent de société.

PIERRE.

Ce sont les amis du roi, n'est-ce pas, grand'mère?

GRAND'MÈRE.

Pas toujours, mon enfant; mais n'as-tu plus rien à demander, Javotte?

JAVOTTE.

Si, grand'mère, je voudrais bien savoir quand viendront les Fées.

GRAND'MÈRE.

Quelles Fées ?

JAVOTTE.

Mais, les Fées du conte, il n'en est point venu encore ni à la naissance du petit prince ni à son baptême.

GRAND'MÈRE.

Tu crois donc que les Fées doivent arriver comme cela à toutes les naissances. Elles ne sont pourtant pas venues à la tienne.

JAVOTTE.

Oh ! je sais bien, grand'mère, mais si elles ne viennent pas, l'histoire n'est plus un conte de Fées.

GRAND'MÈRE, riant.

Ces enfants ont une logique impitoyable. Eh bien, console-toi, les Fées viendront plus tard.

JAVOTTE, frappant dans ses mains.

Oh ! quel bonheur ! Est-ce qu'elles auront des belles voitures avec des cygnes, des pigeons et des rubans roses, comme dans *Zerbeline* ?

GRAND'MÈRE.

Non, ce sera différent.

JAVOTTE.

Oh ! tant pis, moi j'aime mieux quand c'est toujours la même chose.

GRAND'MÈRE.

Allons, tes questions sont-elles finies, Javotte ?

JAVOTTE.

Oui, grand'mère.

PIERRE, qui se contient à grand'peine depuis un moment.

Ce n'est pas malheureux! Grand'mère, continuez, je vous en prie.

GRAND'MÈRE.

Il est bien tard maintenant, mes enfants; nous reprendrons le conte demain.

PIERRE, en colère, à Javotte.

Là! j'en étais sûr! Ah! tu peux te vanter d'être embêtante, toi! Tu es cause que grand'mère n'aura presque rien raconté ce soir.

JAVOTTE.

Oh! Pierre, ne me gronde pas; je ne comprenais plus rien du tout.

PIERRE, durement.

Eh bien, tant pis! tu aurais compris une autre fois!

GRAND'MÈRE.

En vérité, Pierre, tu es d'une violence intolérable! Comment, tu t'emportes jusqu'à dire des mots grossiers à ta sœur! Tu oublies qu'il y a trois ans à peine, tu faisais autant de questions et comprenais peut-être moins bien qu'elle. Je suis très mécontente de toi et je te priverai tout à fait de la fin du conte si tu n'es pas plus raisonnable.

PIERRE, honteux.

C'est vrai, grand'mère, que j'ai eu tort de dire à Javotte qu'elle était embêtante; mais justement aujourd'hui j'avais employé la moitié de ma récréation à faire mes devoirs pour être prêt plus vite et entendre un grand bout de l'histoire, et puis, il faut qu'elle cause tout le temps et qu'elle vous empêche de la raconter ! C'est pourtant bien ennuyeux !

GRAND'MÈRE.

Il faut apprendre à supporter les contrariétés, mon enfant ; tu en auras de plus fortes que celle-là dans ta vie.

JAVOTTE.

Grand'mère, je vous en prie, dites-nous encore, un peu de l'histoire, un tout petit peu, pour faire plaisir à Pierre qui a perdu sa récréation.

GRAND'MÈRE.

Non, mes enfants, il est trop tard, il faut que je rentre au salon.

Elle sort.

JAVOTTE, d'un ton craintif.

Tu es bien fâché contre moi, Pierre, dis ?

PIERRE.

Oui !

JAVOTTE.

Eh bien, je te promets que je ne ferai plus jamais de questions, que quand grand'mère aura fini ; même quand je ne comprendrais rien du tout... Hein ! veux-tu te raccommoder ?

PIERRE.

Oui, tu promets toujours que tu ne diras rien, et puis toujours tu recommences.

JAVOTTE, passant un bras autour du cou de Pierre.

Écoute, Pierre, ne sois plus fâché. Si cela te fait plaisir, appelle-moi encore embêtante, et je ne le dirai pas à grand'-mère.

PIERRE, radouci et riant.

Tu as de drôles d'idées, Javotte! Ça ne me fait pas plaisir de t'appeler « embêtante »; je te l'ai dit parce que j'étais en colère. Allons, viens, je ne suis plus fâché.

DEUXIÈME VEILLÉE

GRAND'MÈRE.

Pendant que les événements que je viens de vous raconter se passaient chez le roi de Djapour, le roi de Golconde, son voisin, voyait naître une petite princesse. Il n'avait pas d'enfants et il était marié depuis très longtemps, en sorte qu'il n'espérait plus en avoir. Ce fut donc une grande joie pour lui et pour tout son royaume. Il voulut célébrer la naissance de sa fille par de grandes fêtes à l'occasion de son baptême, et comme il avait toujours entendu parler des méchants tours que jouaient les Fées quand on ne les invitait pas, il envoya un gros paquet d'invitations en blanc à la reine des Fées, lui disant que, n'ayant pas l'honneur de connaître tous les noms de mesdames les Fées, il la priait de leur faire parvenir à chacune leur carte d'invitation. La reine convoqua aussitôt ses sujettes qui arrivèrent de tous les coins du monde, très empressées de savoir pourquoi leur reine les faisait appeler. Mais, lorsqu'elles connurent le motif de leur convocation, elles se mirent fort en colère, et n'osant pas se fâcher tout haut devant la reine, elles attendirent qu'elle se fût retirée dans son palais.

— Voyez-vous ce plaisant personnage! s'écria la fée Diabolique, qui nous dérange de nos plaisirs et de nos occupations pour aller douer sa petite pécore de fille, et manger son maigre dîner! J'étais justement occupée à faire un beau feu pour rôtir tout vif un de mes esclaves dont je suis mécontente et l'on m'a interrompue! Je suis certaine qu'il aura profité de mon absence pour s'enfuir, le misérable! Que signifie cette absurde coutume de faire venir les Fées à la naissance de chaque princillon ou princillonne qui vient au monde? Vous verrez que bientôt on nous appellera pour les petits présidents de République! Ah! c'est trop fort, et je crois que les hommes se moquent de nous. Quant à moi, mes sœurs, je suis bien résolue de n'y pas mettre un pied, et, sans en rien dire à la reine, je repars sur-le-champ. Où est mon équipage?

— Le voici, madame, dit une suivante en apportant un grand manche à balai dont le bout était un peu brûlé parce que la fée s'en était servi pour attiser son grand feu.

Elle arracha des mains de la suivante le manche à balai, et, l'enfourchant, elle partit comme un trait.

Les autres Fées n'osèrent pas la suivre si vite, et elles restèrent à délibérer. La fée Gentille, qui était la plus jeune, prit timidement la parole :

— Permettez-moi, mes chères sœurs, dit-elle, de vous faire remarquer que, quand on ne nous invite pas, vous prenez cela pour une injure mortelle. Si vous vous offensez également quand on vous prie de venir, quel parti voulez-vous que prennent les pauvres hommes?

— Ils prendront le parti qu'ils voudront, dit la fée Impérieuse; en tous cas, ce n'est pas à vous, petite fille, de nous faire la leçon, car si je vous pinçais le bout du nez, il en sortirait encore du lait!

JAVOTTE, stupéfaite.

Elle avait du lait dans le nez, la fée Gentille? Pourquoi ça, grand'mère?

GRAND'MÈRE.

Impérieuse voulait dire que Gentille était si jeune, qu'elle sortait presque des bras de sa nourrice; c'est une manière de parler.

JAVOTTE

Ah! bon!

GRAND'MÈRE.

— Je vous propose, mes sœurs, continua Impérieuse, de nous excuser chacune séparément auprès du roi, après être revenue chez nous, et sans laisser croire à notre reine que c'est un parti pris d'avance.

Ce projet fut voté à l'unanimité, sauf par la bonne Gentille, qui ne dit mot mais se prépara à partir dès le lendemain matin.

JAVOTTE.

Comment était sa voiture, grand'mère?

GRAND'MÈRE.

Gentille étant la dernière Fée nommée, elle ne trouva pas un grand choix d'équipages dans les remises et écuries de la reine, car les autres Fées avaient déjà choisi ce qu'il y avait de mieux. Cependant, en cherchant bien, elle avisa, dans un coin, un gros chou au milieu duquel était un petit siège assez bien rembourré. Ce chou était monté sur deux petites roues en marguerites, et, en relevant une de ses grosses feuilles, on formait une petite capote qui abritait du soleil et de la pluie.

La simplicité de cette voiture plut à Gentille, et elle s'informa à l'écurie quelle espèce d'animal on pouvait atteler à ce chou. Les palefreniers eurent une grande envie de rire en entendant cette question, car on avait toujours plaisanté sur ce chou dont aucune Fée n'avait voulu, et on ne pensait pas qu'aucun animal pût jamais y être attelé. Cependant ils répondirent en cachant leur envie de rire, qu'on n'avait jamais attelé aucune bête à cette voiture. — Croyez-vous, dit Gentille, que ce joli petit âne noir, que j'aperçois au fond de l'écurie, ne pourrait pas traîner ce chou? — Il le pourrait certainement, madame la Fée, répondit un palefrenier; mais il est si méchant, que personne n'a jamais pu le conduire. — Si ce n'est que cela, je m'en charge, reprit Gentille; veuillez seulement l'atteler. On alla prendre le petit âne noir qui détacha force ruade à l'homme qui le conduisait. — Donne-lui quelques bons coups de fouet, dit un des palefreniers. — Non! s'écria Gentille, je ne veux pas qu'on le batte! Et, s'approchant du petit âne, elle le caressa doucement et lui dit : — Laisse-toi faire, mon petit Négrillon, tu ne te trouveras pas mal d'être à mon service.

L'âne dressa les oreilles, poussa un petit braiement joyeux et se laissa atteler et harnacher avec la plus grande tranquillité. Puis Gentille monta dans son char, prit en mains les rênes, et le petit âne se mit à cheminer d'un trot tranquille et doux.

— Je pense, dit Gentille en parlant tout haut, qu'avec cette voiture et cet attelage je n'arriverai pas de bonne heure au palais du roi; j'aurais dû songer à emporter quelque provision.

A ces mots, l'âne se mit à braire et s'arrêta court.

— Qu'as-tu, Négrillon, et pourquoi ne marches-tu plus?

L'âne frappa du pied trois ou quatre fois avec impatience et, au même moment, Gentille vit sortir des feuilles du chou qui étaient devant elle, un plateau chargé de différents mets servis sur des assiettes d'or; une jolie coupe creusée dans un saphir était placée à droite.

— Quelle agréable surprise! dit la bonne Gentille, qui, il faut l'avouer, était assez gourmande. Il ne manque qu'un peu de vin de Champagne dans cette jolie coupe. Au même instant, elle entendit un pétillement, et l'écume s'élançant hors de la coupe montra à Gentille que son vœu était accompli. — En vérité, dit Gentille, ce chou est merveilleux et ce dîner est si bon, que je me passerai bien du dessert qui y manque. A peine avait-elle parlé, que le plateau disparut, et fit place à un autre chargé de gâteaux et de fruits. — Allons, il n'y manque rien, fit gaiement Gentille; ce chou est un trésor. Elle croqua quelques gâteaux et quelques fruits, puis le second plateau disparut comme le premier et Négrillon reprit son petit trot mesuré.

Ils arrivèrent sans encombre le soir même au palais du roi; il était fort tard, et le roi et la reine se préparaient à rentrer dans leurs appartements lorsqu'un page vint leur annoncer qu'une dame demandait à leur parler.

— Que signifie cela, demanda le roi surpris ; je n'ai pas pour habitude de recevoir ainsi les gens que je ne connais pas ! Comment se nomme cette dame? — Sire, elle n'a pas dit son nom, répondit le page. — Eh bien, qu'elle le dise ! — Mais elle prétend que Votre Majesté l'a invitée et l'attend. — Ah ! c'est un peu fort, reprit le roi, et dans quel équipage est-elle arrivée? — Sire, dans un chou attelé d'un âne. — Je crois, en vérité, que vous vous permettez de vous moquer de moi, messire page, et je vais vous faire punir de manière que vous vous en souveniez. — Mais, Sire, reprit le page effrayé, daignez venir voir vous-même.

La reine, plus prompte que son mari, s'était déjà rendue sur le balcon, d'où elle vit très distinctement, grâce aux becs de gaz du palais, le gros chou et le petit âne arrêtés devant la porte.

PIERRE.

Il y avait déjà du gaz dans ce temps-là, grand'mère? Alors, il n'y a pas longtemps.

GRAND'MÈRE, embarrassée.

Je ne sais pas au juste quand cela se passait... — Le page a dit vrai, Sire ! s'écria la reine ; je vois l'âne et le chou. — Voilà, en vérité, quelque chose de fort extraordinaire, fit le roi. Eh bien, faites entrer cette dame ; elle va, je pense, nous expliquer cela. Un instant après, le page introduisait Gentille qui s'avança avec grâce devant la reine et lui dit : — Il paraît, Madame, que vous n'attendiez pas vos invités de sitôt. Je suis la fée Gentille ; j'ai reçu ce matin votre invitation, et je viens assister au baptême de la princesse.

Le roi, confondu d'avoir fait attendre la Fée, mit un genou en terre et lui baisa respectueusement la main en lui faisant mille excuses; puis il lui avoua qu'il n'attendait les Fées que le lendemain.

— Je crois, Sire, que vous les attendrez longtemps, dit Gentille, car elles ne sont guère disposées à venir. Et elle raconta au roi, ce qui s'était passé le matin au palais de la reine des Fées. Le roi fut très désappointé du récit de Gentille, car il avait fait d'immenses préparatifs pour recevoir les nombreuses Fées qu'il attendait. — Enfin, reprit Gentille, attendons à demain, Sire; on dit que la nuit porte conseil; peut-être en viendra-t-il quelques-unes.

Là-dessus, chacun prit congé et la reine voulut conduire elle-même la Fée dans le plus bel appartement du palais.

— Je vous prierai, Madame, dit Gentille, de vouloir bien permettre que je donne un ordre avant de me coucher. — Faites, madame, répondit la reine, vous êtes chez vous! Puis elle se retira en faisant une profonde révérence. A peine la reine fut-elle partie que la Fée sonna, et le même page qui l'avait annoncée, parut. — Comment vous appelez-vous, beau page? — Je me nomme Lutin, madame, pour vous servir. — Eh bien, Lutin, je vous prie de veiller vous-même sur mon chou et sur mon âne; je désire que ma voiture soit soigneusement lavée, et mon âne bien nourri et bien pansé. Je vous prierai, même, d'aller lui parler de temps en temps, car je crains qu'il ne s'ennuie tout seul dans ce palais étranger.

Lutin s'inclina pour toute réponse et sortit.

— Je pense que cette dame est folle, se dit-il à lui-même, et si elle croit que je vais passer ma nuit à entretenir son âne et à laver son chou...! Je vais tout simplement dire à un palefrenier de mettre l'âne à l'écurie et le chou sous la remise.

Ce qui fut dit fut fait; Négrillon fût conduit à l'écurie, on lui jeta une botte de foin, et on ferma la porte. Mais il n'entendait point être traité ainsi et, au bout de quelques instants, tout le palais fut réveillé par de formidables braiements tels qu'on n'aurait jamais cru une petite bête capable d'en pousser.

Gentille fût réveillée la première. — C'est Négrillon, se dit-elle. A quoi pense-t-il donc de faire un pareil vacarme? il va réveiller tout le monde!

Et, passant vite un peignoir, la Fée descendit jusqu'à l'écurie guidée par les braiements de l'âne qui ne faisaient que redoubler. Elle ouvrit facilement la porte : — Mais, qu'as-tu donc, Négrillon? lui dit-elle. L'ânese retourna et se mit aussitôt à regarder sa maîtresse avec des yeux suppliants. — Qu'est-ce qu'il te manque donc? Tu as du foin et une bonne litière de paille.

L'âne prit dans sa bouche une poignée de foin qu'il lança dédaigneusement par terre comme pour montrer que cette nourriture ne lui plaisait pas, puis il saisit le peignoir de Gentille avec ses dents et l'entraîna hors de l'écurie. La jeune Fée, tout étonnée, suivit l'âne qui se dirigea gravement vers l'escalier du palais et se mit en devoir de le monter, comme s'il eût fait cela toute sa vie, et il entra dans la première pièce.

Les domestiques avaient déposé sur une console de marbre, un en-cas pour la nuit, qui se composait d'un poulet froid, d'une assiette de pêches et d'un flacon de vin de Bordeaux. Négrillon, sans hésiter une minute s'assit sur les pattes de derrière, saisit le poulet avec les dents et le dévora jusqu'à la dernière bouchée; il retirait délicatement avec une de ses pattes de devant les os trop gros pour être croqués.

JAVOTTE.

Oh ! grand'mère, que c'est amusant ! Mais comment fit-il pour tenir l'os avec sa patte ?

GRAND'MÈRE.

Je t'avoue que je n'en sais rien. Quoi qu'il en soit, une fois son repas terminé, Négrillon gratta à la porte avec son pied, Gentille lui ouvrit, il redescendit pacifiquement l'escalier et alla se coucher dans son écurie.

Dès le lendemain matin, Gentille fut réveillée par des fanfares qui retentissaient en l'honneur du baptême de la petite princesse et du grand festin préparé pour les Fées. Il y avait des réjouissances dans tous les quartiers de la ville, et, de toutes les provinces, on apportait des cadeaux. A midi, les cloches sonnèrent à toute volée; on tira le canon, et on prépara une superbe voiture tout en glaces, dans laquelle se tenaient le roi, la reine et la nourrice avec la petite princesse dans ses bras.

Depuis le matin, jusqu'à une heure, on attendit vainement les Fées ; mais pas une ne parut. Enfin le roi fit prévenir Gentille qu'il se décidait à partir pour se rendre à son palais d'été où le grand festin était dressé, et qu'il la priait de vouloir bien accepter une place dans sa voiture. Mais la Fée refusa, disant qu'elle préférait suivre le roi dans son propre équipage. En effet, quand le cortège se mit en marche, on vit arriver immédiatement après le beau carrosse du roi, le chou avec la Fée gravement assise au milieu et traîné par Négrillon qui trottinait et parvenait tout juste à suivre les carrosses La foule qui encombrait le passage du cortège ne pouvait s'empêcher de rire de ce singulier équipage, mais

Gentille ne s'en offensait point et répondait par un gracieux sourire.

Une fois arrivés au palais d'été, tous les personnages qui formaient le cortège, furent introduits dans une galerie immense où était préparé le festin ; mais quand chacun fut assis, on vit qu'il restait encore plus de deux cents places vides, qui étaient celles des Fées attendues.

Le roi, fort vexé, allait donner l'ordre d'enlever tous ces couverts inutiles, quand la fée Gentille lui dit : — Permettez-moi, Sire, de vous donner un conseil ; au lieu de supprimer ces couverts, remplacez les convives qui vous manquent par les bonnes gens qui sont venus apporter des cadeaux à votre fille ce matin. Je vous réponds qu'ils apprécieront mieux votre dîner que les Fées, mes sœurs, qui n'auraient fait que s'en moquer. — Je le veux bien, répondit le roi, qui n'osa pas contrarier la fée mais qui regrettait de voir disparaître ses bons vins ; « je crois cependant qu'ils se seraient bien contentés de veau et de salade ». Enfin, il prit son parti et l'on introduisit les bonnes gens qui, sans se faire prier, avalèrent en un clin d'œil tout ce qui parut devant eux.

Au dessert, on vint déposer devant le roi une grande corbeille remplie de fleurs au milieu desquelles était couchée la petite princesse, jolie comme un ange, et ouvrant ses grands yeux bleus d'un air étonné. La Fée, qui était assise à la droite du roi, prit l'enfant dans ses bras et l'embrassant tendrement, elle lui dit : — Tu n'as que moi pour marraine, et je suis la moins puissante de toutes les Fées, puisque je suis la dernière venue ; mais le premier usage que je veux faire de mon pouvoir est de rendre ta vie heureuse, et pour cela je te doue de belle santé, de belle humeur et de tranquillité d'esprit. Puis, se tournant vers le roi : —

N'oubliez pas, ajouta-t-elle, de dire à votre fille, quand elle sera grande, qu'elle peut toujours compter sur sa marraine.

Le roi, en entendant ce discours, fut profondément mortifié et ne parvint pas à cacher sa mauvaise humeur; sans répondre un seul mot, il se leva brusquement de table, donna l'ordre d'emporter la petite princesse dans ses appartements, salua sèchement la Fée, et, sans même lui offrir le bras, il monta en carrosse avec la reine, sans s'inquiéter autrement de Gentille, qui remonta comme elle put dans son chou, prit les rênes de Négrillon et retourna paisiblement dans le pays que la reine des Fées lui avait assigné comme résidence.

Mais, mes enfants, il est bientôt neuf heures. Jane doit s'impatienter. Bonsoir.

TROISIÈME VEILLÉE

JAVOTTE.

Pardon, grand'mère, voudriez-vous nous dire pourquoi le roi était fâché contre la Fée.

GRAND'MÈRE.

Parce que le roi était avare, et qu'en faisant toutes ces dépenses pour offrir un festin aux Fées, il espérait en être récompensé par de beaux cadeaux.

— Voyez la belle merveille ! s'écria-t-il en colère lorsqu'il fut seul dans son carrosse avec la reine. Voyez la belle merveille d'offrir à ma fille la santé, la gaieté et je ne sais quelle autre pauvreté. Ah ! cela valait bien la peine, vraiment, de me ruiner en préparatifs pour ces détestables Fées, et d'aboutir à faire boire mon champagne et mon vin de Hongrie et manger mes foies gras et mes ortolans à tous ces rustres qui auraient sans doute préféré des pieds de cochon et du vin de Suresnes! Mais c'est votre faute, Madame, vous m'avez toujours farci la tête de bassins d'argent pleins de diamants, d'émeraudes et de rubis, de fil de perles du plus bel orient, que les Fées apportaient par centaines au baptême des princesses. Ah! ah! elles sont jolies les perles, en vérité, et, assurément, nous avons des pierres précieuses à remuer à la pelle! Voilà ce que c'est que d'écouter les femmes, elles ne donnent que de mauvais conseils!

La reine laissa passer la méchante humeur de son mari sans rien répondre, parce qu'elle savait que c'était la meilleure manière de le calmer; car au fond il était assez bon homme. Laissons maintenant la petite princesse aux soins de sa nourrice et revenons au prince Vif-Argent.

Phanor gouverna si bien le royaume, qu'à la majorité du jeune roi, il lui remit la clef de ses coffres qui étaient pleins d'or et d'argent monnayé par lui économisé, car il était très habile et très honnête. Il avait fait aussi des lois très sages auxquelles tout le monde obéissait avec plaisir, et tous les habitants du royaume se trouvaient très heureux, sauf les deux méchants courtisans que la jalousie tourmentait toujours, parce qu'ils n'avaient pas d'emploi à la cour, ils étaient devenus si maigres, qu'on aurait vu une bougie à travers leur corps.

JAVOTTE.

Mais il aurait fallu pour cela qu'ils ôtent leurs habits, n'est-ce pas, grand'mère?

GRAND'MÈRE.

Certainement. Le jour de la majorité du prince, Phanor quitta la cour et retourna dans sa grotte, au grand chagrin de son élève qui l'aimait beaucoup, mais rien ne put le retenir. Quelque temps après, une députation des sujets du royaume vint demander au roi s'il ne songeait pas à se marier, parce que chacun désirait beaucoup qu'il y eut des héritiers au trône. Le roi répondit qu'il le voulait bien, mais qu'il souhaitait auparavant qu'on lui présentât les portraits de toutes les princesses qui étaient à marier dans ce moment-là, afin de choisir celle qui lui plairait le mieux.

Aussitôt les ministres envoyèrent dans tous les pays des émissaires chargés de rapporter les portraits des princesses, et au bout de quelques mois plus de cent portraits arrivèrent de tous côtés.

Il y en avait des grands, des petits, des moyens, et, chose extraordinaire, toutes les princesses étaient jolies. Le prince les regarda avec beaucoup d'attention et ne put s'empêcher d'être surpris que pas une ne fût laide. Le lendemain il recommença à les examiner et le troisième jour il s'avisa enfin de faire mander les envoyés qui avaient rapporté les portraits.

— Donnez-moi votre parole d'honneur, fit-il, que vous allez me dire la vérité!

Les envoyés la donnèrent, et le roi demanda, en s'adressant à chacun tour à tour, si le portrait qu'il avait rapporté était parfaitement ressemblant. Les envoyés, un peu honteux, furent obligés d'avouer presque tous que les portraits étaient très flattés et beaucoup plus jolis que les princesses. Un seul des messagers du prince déclara que le portrait qu'il avait rapporté n'était point embelli, et qu'il était même fort loin d'égaler la beauté du modèle.

— Montre-moi tout de suite ce portrait, fit le prince.

Et lui prenant vivement des mains une jolie petite miniature, il se fit apporter sur-le-champ une loupe, la meilleure qui se pût trouver et il se mit à considérer le portrait avec un soin particulier; il le tourna rapidement dans tous les sens, lui mit même la tête en bas; puis, satisfait de son examen, il s'écria : — Voilà qui est fait, je n'en épouserai pas d'autre! Vite, qu'on prépare une ambassade, dont tu seras le chef, dit-il à Fortenguerre, son favori. — Mais... — Il n'y a pas de mais, tu devrais être déjà parti! — Cependant, Monseigneur... — Ah! tu commences à m'impatienter, voyons, que veux-tu encore? — Savoir le nom de la princesse, Monseigneur, et celui du roi son père. — Ah! c'est juste. Allons, vite! dit-il au messager porteur du portrait, comment s'appelle-t-elle? — Elle se nomme la princesse Tranquille, repartit celui-ci. — Là! que disais-je! ne sommes-nous pas faits l'un pour l'autre? Tranquille et Vif-Argent, c'est parfait, et le roi son père comment s'appelle-t-il? — Le roi de... — C'est bien, tu diras le reste à Fortenguerre. Comment! vous n'êtes pas encore partis? Vite, que l'on se hâte et que l'on selle mon cheval pie!

En un clin d'œil le cheval fut prêt; le prince s'élança en selle, suivi seulement de son page, pour se rendre chez Phanor, qu'il avait coutume de consulter en toute circonstance. Il lui cria, du plus loin qu'il le vit : — Phanor, j'aime la princesse Tranquille, qui est plus belle encore que son portrait, je l'épouse, c'est chose décidée, toutes les autres princesses ne sont que des laiderons.

Le sage Phanor, un peu surpris de cette brusque déclaration, engagea le prince à réfléchir. — Votre Majesté devrait chercher à avoir quelques renseignements sur le caractère et les goûts de la princesse, car la beauté passe... — Et la laideur reste, interrompit vivement le prince, non, Phanor, je suis certain que le visage enchanteur de Tranquille ne saurait me tromper ; elle possède toutes les qualités du cœur et de l'esprit qui doivent accompagner une si charmante figure. — Mais, Sire, reprit Phanor qui ne se décourageait pas facilement, au bout de quelque temps la beauté et la laideur ne se remarquent plus, car on s'y habitue comme aux choses qu'on voit chaque jour.

JAVOTTE.

Ça, c'est vrai, moi je me suis très bien habituée à mon huile de foie de morue depuis que je la prends tous les jours.

PIERRE, *éclatant de rire.*

Oh! pour ça, tu es trop drôle, Javotte! comme si ton huile de foie de morue ressemblait à une belle princesse.

JAVOTTE.

Je ne dis pas qu'elle ressemble, je dis qu'on s'habitue à ce qu'on fait tous les jours; ce n'est pas si bête ce que je dis, n'est-ce pas, grand'mère?

GRAND'MÈRE, *riant.*

Non, ma chérie, ce n'est pas bête du tout.

PIERRE.

Mais je ne t'ai pas dit que c'est bête, je te dis que c'est drôle. On ne peut plus rien te dire, c'est ennuyeux, à la fin!

Javotte, un peu honteuse, vient tout doucement embrasser Pierre.

GRAND'MÈRE.

Allons, maintenant que la paix est faite, continuons.

Phanor vit bien que tous les raisonnements du monde ne changeraient rien à la décision du roi, et comme il savait, par la science magique qu'il possédait, que la princesse Tranquille était une fort aimable personne, il ne s'opposa plus au désir du roi. — Eh bien, Sire, fit-il, il ne reste plus qu'à obtenir la main de la princesse. — J'espère que cela ne souffrira pas d'obstacle, et je vais sur-le-champ faire partir de magnifiques présents destinés à la princesse. — Vous allez vite en besogne, Sire, dit le vieux sage en souriant; il paraît que d'avance vous êtes certain de plaire.

Le prince rougit un peu et dit, après quelques instants :

— Vous savez, Phanor, que mes envoyés étaient aussi porteurs de mon portrait, les princesses l'ont vu avant de m'envoyer les leurs. Je pense que si j'avais déplu à la charmante Tranquille elle ne m'aurait pas envoyé sa miniature. — Vous avez réponse à tout, prince; faites donc partir l'ambassade. — Elle est déjà partie, Phénor, dit Vif-Argent un peu embarrassé. — Mais alors, demanda le vieillard, pourquoi veniez-vous me consulter? — Pour avoir votre approbation, mon cher maître. — Il serait un peu tard pour vous blâmer, dit Phanor en souriant, il ne me reste plus qu'à souhaiter un bon voyage à vos ambassadeurs; j'espère que d'ici à peu de temps vous viendrez m'apprendre leur heureuse réussite.

Le prince se retira assez satisfait, car il craignait un peu que Phanor ne le blâmât d'avoir agi si précipitamment. En rentrant au palais, il apprit qu'aussitôt après le départ de son ambassade, les deux méchants courtisans, qui continuaient à venir à la cour comme si de rien n'était, avaient fait sur-le-champ demander des chaises de poste et étaient partis pour se rendre chez le roi Fracassin, son voisin. Ce voyage n'avait d'autre but que d'engager Fracassin à demander aussi la main de la princesse Tranquille; ils espéraient qu'elle le préférerait à Vif-Argent parce qu'il était beaucoup plus riche et qu'il avait un plus grand royaume; comme cela ils joueraient un méchant tour à leur souverain et ils recevaient une récompense de Fracassin pour lui avoir suggéré cette belle idée. Ils réussirent si bien dans leur projet, que Fracassin leur confia le soin d'aller eux-mêmes demander Tranquille en mariage.

Quinze jours s'écoulèrent, au bout desquels Phanor entendit un beau matin le galop d'un cheval et reconnut bientôt le prince qui, se jetant à bas de la monture accourut en disant : — Ah! Phanor, venez à mon aide ou tout est perdu! — Qu'y a-t-il donc, prince, votre ambassade a-t-elle échoué? — Non, Phanor, au contraire, j'ai le bonheur d'être accepté pour époux par la divine Tranquille, mais, hélas! je ne sais plus comment faire pour l'amener dans mon royaume! — Expliquez-vous, prince, reprit le sage, car je ne vous comprends pas. — C'est pourtant bien facile à comprendre, dit le bouillant jeune homme. Vous savez que, pour pénétrer dans le royaume de Tranquille, il faut traverser la Forêt Enchantée ou les terres du roi Fracassin, mon voisin, dont vous connaissez l'humeur querelleuse. Or, par malheur, Fracassin a demandé de son côté la main de la princesse; celle-ci accueillit fort poliment ses ambassadeurs, mais, deux jours après l'arrivée des miens, elle déclara à ceux de Fracassin qu'elle ne pouvait pas accepter sa demande; ils repartirent aussitôt et le roi, entrant dans une colère affreuse, les a fait pendre dès leur arrivée en déclarant qu'il ne laisserait plus traverser ses terres à âme qui vive sans une permission écrite de sa main. Vous voyez, Phanor, dans quelle cruelle situation je me trouve. Comment faire revenir mes ambassadeurs, et, surtout, comment faire traverser à la charmante Tranquille les terres de notre mortel ennemi?

PIERRE.

Pardon, grand'mère, comment Vif-Argent savait-il tout cela puisque ses ambassadeurs n'étaient pas revenus?

GRAND'MÈRE.

Il l'avait appris par des serviteurs de Fracassin qui étaient venus le lui dire en secret, car ce roi était détesté de ses sujets et chacun se réjouissait tout bas de sa mésaventure.

— Il est certain que la situation est grave, dit Phanor, et je ne vois d'autre ressource que de faire traverser à la princesse la Forêt Enchantée; mais c'est une entreprise difficile, si difficile que je vous demande, prince, à consulter là-dessus mon livre magique. Veuillez revenir demain. — Demain! s'écria Vif-Argent, mais je serai mort d'impatience avant ce soir; je vous en supplie, Phanor, consultez-le tout de suite. — Cela n'est pas possible, prince, car, pour qu'il me révèle ce que je veux savoir, il faut certaines opérations fort longues.

Le prince, désolé, partit comme une flèche et, pour se calmer un peu, il prit en arrivant deux ou trois bains de tilleul successivement, puis il avala plusieurs verres d'eau de fleurs d'oranger. Rien de tout cela ne réussit. Enfin, ne sachant plus qu'inventer, il eut l'idée de faire exécuter par ses musiciens ordinaires un opéra nouveau, et, dès le second acte, il dormait si profondément qu'on le porta dans son lit sans qu'il s'en aperçût, et il ne se réveilla que le lendemain matin.

Maintenant, mes chéris, faites comme Vif-Argent, allez vous coucher.

JAVOTTE, timidement.

Pardon, grand'mère, je voudrais bien demander quelque chose. Ne te fâche pas, Pierre, tu vois que j'ai attendu que grand'mère ait fini.

GRAND'MÈRE.

Que veux-tu demander, ma mignonne?

JAVOTTE.

Le livre magique de Phanor, c'était son grimoire, n'est-ce pas?

GRAND'MÈRE.

Précisément.

JAVOTTE.

Alors, grand'mère, si vous vouliez dire grimoire comme dans *Zerbeline*, parce que je comprends mieux quand c'est les mêmes mots.

GRAND'MÈRE.

Eh bien! va pour grimoire! A demain, mes enfants.

Les enfants embrassent grand'mère et s'en vont.

Le taupier.

QUATRIÈME VEILLÉE

Le lendemain, à l'heure indiquée, le prince arrivait chez son vieux maître qu'il trouva assis paisiblement devant sa grotte.

— Eh bien, Phanor, qu'avez-vous trouvé dans votre grimoire ?

— Beaucoup de choses, Sire, répondit le vieillard; mais il est inutile de vous les raconter d'avance, vous les verrez par vous-même; qu'il vous suffise de savoir que j'espère parvenir à faire traverser la sombre Forêt à la princesse. Mais, pour que vous compreniez ce qui va se passer, il faut quelque précaution.

En disant cela, Phanor se leva et alla chercher dans sa grotte une petite cassette de bois de rose et l'ouvrit; elle contenait plusieurs petites fioles. Chaque fiole portait une petite étiquette avec le nom d'une science, astronomie, géographie, mathématique. Phanor en ouvrit une et en versa quelques gouttes dans un verre d'eau; il y mit un morceau de sucre, parce que le prince aimait les douceurs, et le pria de l'avaler; à peine l'opération fut-elle terminée que Phanor siffla dans un sifflet qu'il portait toujours suspendu à sa ceinture, et un petit nain, pas plus haut que ta poupée, Javotte, et vêtu de jaune de la tête aux pieds, apparut dans la grotte.

— Me voici, Phanor, dit-il d'une petite voix aigrelette et perçante, que veux-tu de moi? — Je voudrais savoir si vous consentiriez à guider la princesse Tranquille, fiancée du roi notre maître à travers la sombre forêt? — Cela dépend, fit dédaigneusement le nain, quelle récompense me promets-tu? — Quoi! s'écria le roi, c'est à ce moucheron que vous allez confier le soin de guider la princesse? mais c'est une plaisanterie!

Le nain, s'entendant appeler moucheron, se redressa de toute la hauteur de sa petite taille et lança au roi un regard furieux. — Ne jugez point sur l'apparence, répondit tranquillement Phanor; le seigneur Passe-Partout nous sera plus utile qu'un géant et je vous engage, Sire, à avoir confiance en lui. — Si cela est ainsi, dit le roi, étonné d'entendre appeler seigneur cet avorton, je vous fais réparation, seigneur Passe-Partout, et je vous promets une belle récompense si vous m'amenez la princesse saine et sauve.

PIERRE.

Il n'était guère courageux, ce roi, grand'mère; pourquoi n'allait-il pas lui-même chercher la princesse?

6

GRAND'MÈRE.

Je vous ai dit que la Forêt était impénétrable et que ceux qui avaient essayé d'y entrer, n'étaient jamais revenus; cela avait fait une si grande peur à tout le pays, que pas une âme n'aurait consenti à laisser partir le roi.

Passe-Partout s'adoucit en entendant parler de récompense. — Maître, dit-il au sage, je suis prêt à vous obéir, mais, pour réussir dans mon entreprise, j'ai besoin de trois choses. — Parle, que te faut-il? dit Phanor. — Un aigle à l'œil perçant, une taupe aux griffes aiguës et un écureuil aux pattes agiles. — Tu les auras. — Alors, dit le petit homme en se frottant les mains et avec un rire strident, je réponds du succès, Sire, et vous pouvez préparer la récompense promise. — C'est entendu, fit le roi, et, en attendant, mon ami Passe-Partout, voici quelques pièces d'or à compte.

Et il tendit au nain un rouleau qu'il tira de sa poche. Les yeux de Passe-Partout brillèrent de joie, car il était fort intéressé, mais ne voulant pas le montrer. — Sire, dit-il au roi, ce n'est point pour cet or vil que je me mets à votre service, et j'espère que plus tard Votre Majesté me jugera digne d'une plus haute faveur. — Et laquelle, monsieur Passe-Partout? dit le roi que l'orgueil de ce petit avorton amusait beaucoup. — Un titre, Sire, et un nom qui me permette de quitter cet odieux sobriquet de Passe-Partout. — Soit, répondit le roi, je vous le promets.

Passe-Partout, joyeux, empocha soigneusement le rouleau d'or, quoique pour lui il pesât fort lourd, et, faisant un profond salut au roi, il prit congé en disant : — Maintenant il n'y a pas une minute à perdre si je veux arriver à temps. Et il disparut.

Phanor, Vif-Argent et le nain Passe-Partout.

Le roi, fort surpris de ce qui venait de se passer, demanda à Phanor de lui expliquer qui était le singulier petit personnage qui venait de les quitter. — Permettez, Sire, répondit le vieillard, que je m'occupe d'abord de procurer à Passe-Partout les trois choses qu'il désire, car il faut qu'il se mette en route au plus vite. Et Phanor, prenant de nouveau son sifflet, siffla trois fois d'une manière particulière. Après le troisième coup de sifflet, on entendit un bruit d'ailes, et on vit descendre d'une grande hauteur un aigle magnifique qui vint s'abattre aux pieds du vieillard.

— Que désires-tu de moi, maître? demanda l'oiseau d'une voix fort intelligible : tu sais que je suis toujours prêt à t'obéir. — J'ai à te demander un service que toi seul peux me rendre, bel aigle noir. Le nain Passe-Partout s'apprête à faire traverser à la princesse Tranquille la Forêt Enchantée que tu habites et que tu connais bien, et il demande le secours de ta vue perçante; veux-tu l'accompagner? — J'y consens, dit l'oiseau, mais quelle est cette princesse? — C'est la fiancée du roi notre maître, que voici, répondit le sage en désignant le roi.

Le bel aigle battit des ailes et inclina la tête, ce qui était sa manière de saluer, et le roi lui dit : — Mon bel aigle, si tu parviens à faire traverser la sombre forêt à ma fiancée, je te donnerai la récompense que tu me demanderas. — Je n'ai nul besoin de récompense, monseigneur, répondit le bel aigle en relevant fièrement la tête, je serai suffisamment payé de ma peine en vous amenant la princesse. Maintenant je vais rejoindre Passe-Partout. Et l'aigle s'envola à tire-d'aile.

Le roi, stupéfait d'entendre parler un oiseau, ouvrait la bouche pour questionner de nouveau son vieil ami; mais celui-ci avait déjà repris le fameux sifflet et en tirait un son très prolongé ; à peine avait-il fini que le roi aperçut à leurs pieds une grosse vieille taupe, sortant de terre et noire comme le jais ; son poil luisant brillait comme du satin.

— Ah ! voilà mon amie la taupe, dit Phanor, vous voyez, Sire, qu'elle n'a pas mis longtemps à arriver. — On nous a fait, je ne sais pourquoi, la réputation d'être lentes, dit la taupe d'un air grognon ; il est vrai que nous ne marchons pas si vite que ces écervelées de souris, qui trottent comme des lièvres ; mais à quoi leur sert de courir ainsi, sinon à se jeter la tête la première dans une souricière, et puis, à quoi sont-elles bonnes ici-bas ? A rien, si ce n'est à tout ronger ; tandis que nous, ajouta la taupe en se rengorgeant, nous faisons des travaux vraiment utiles.

Le roi, qui avait toujours entendu parler des taupes comme d'animaux malfaisants, regarda la vieille d'un air étonné. — Ah ! ce que je dis vous étonne, continua-t-elle ; vous êtes, à ce qu'il paraît, ignorant comme tous les hommes, et vous ne voyez pas qu'en soulevant la terre, comme nous le faisons, nous laissons pénétrer l'air et l'humidité ; c'est en nous imitant que l'homme a appris à drainer ses champs ; de plus, nous dévorons ces affreux vers de terre qui mangent la racine des plantes, mais il n'en a pas la moindre reconnaissance et ne fait que nous pourchasser ! fit la taupe en colère.

Le roi, à qui sa conscience reprochait d'avoir toujours fait massacrer les taupes dans ses jardins, baissa les yeux et ne dit mot de peur d'offenser celle-ci qui ne semblait pas de bonne humeur.

PIERRE.

Pardon, grand'mère, je n'ai pas compris ce que c'était que drainer.

GRAND'MÈRE.

C'est creuser de petits ruisseaux dans les prairies pour que l'eau se répande également partout; et l'on dit en effet que les chemins souterrains faits par les taupes ont une certaine utilité.

Voulant gagner les bonnes grâces de la taupe, le roi reprit fort poliment, après un moment de silence : — Madame la taupe, je suis charmé d'apprendre que vous rendez de si grands services à nos jardins, et désormais je donnerai des ordres pour qu'on vous laisse travailler à votre aise. La taupe, un peu radoucie, lui dit : — « Ah! vous êtes le roi, à ce qu'il paraît; eh bien, je suis assez satisfaite de vous voir, quoique vous ne soyez guère différent des autres. Mais je n'ai pas de temps à perdre en paroles inutiles et les hommes ne savent que bavarder. Voyons, que voulez-vous de moi? fit-elle en se tournant vers le sage. — Ma chère amie, dit Phanor, je viens vous demander de vouloir vous joindre au nain Passe-Partout et au bel aigle noir pour escorter la princesse Tranquille, fiancée du roi notre maître, et pour aider à la préserver des dangers qu'elle courra en traversant la forêt. — C'est bien heureux que vous ayez pensé à moi pour faire partie de son escorte, dit la vieille taupe en secouant sa petite tête; car cet étourdi de Passe-Partout n'aurait pas manqué de la perdre. Mais à quoi bon cet aigle? — Passe-Partout l'a demandé à cause de son regard perçant, répondit imprudemment le jeune roi. — Il croit donc que je n'y vois pas clair? Et vous dites peut-être aussi : « Aveugle comme une taupe! » s'écria la vieille en lançant au roi un regard furieux. — Au contraire, ma chère amie, reprit doucement Phanor, nous savons que vous y voyez à merveille, mais l'aigle, grâce à ses ailes, peut s'élever à une grande hauteur et voir ainsi d'avance des choses que vos excellents yeux ne sauraient découvrir.

PIERRE.

Pourquoi Phanor dit-il cela, grand'mère? Les taupes n'y voient pas clair; Michel me l'a dit.

GRAND'MÈRE.

Elle voient clair sous terre, mais le grand jour les éblouit, et puis Phanor cherchait à la calmer parce qu'on avait besoin d'elle.

JAVOTTE.

Je la déteste, cette vieille taupe grognon, et je suis sûre qu'elle ne servira à rien à Tranquille.

GRAND'MÈRE.

C'est ce qui te trompe; mais Vif-Argent était de ton avis et la trouvait fort désagréable.

« — Allons, reprit la taupe un peu calmée par les compliments de Phanor, j'y consens, et je vais de ce pas rejoindre Passe-Partout, par un chemin que moi seule je connais. Je suis votre servante, seigneur, dit-elle, et, se retournant, elle se mit à chercher le trou par lequel elle était sortie sans parvenir à le trouver. « Eh bien, qu'est-ce que cela signifie? je ne vois plus l'entrée de mon souterrain; c'est quelque maudit jardinier qui vient de le boucher. — Pardon, madame la taupe, dit le prince qui mourait d'envie de rire en regardant la vaniteuse taupe se tourner de tous côtés, n'y voyant goutte; pardon, je crois que voici l'entrée que vous cherchez, et il indiqua le trou à la taupe qui, sans dire merci, se hâta d'y entrer.

— Ah çà! Phanor, m'expliquerez-vous toutes ces merveilles? dit Vif-Argent. Quoi! voilà un aigle qui parle, une taupe qui grogne en bon français, qu'est-ce que cela veut dire? — Patience, Sire, fit le sage en souriant, vous en verrez bien d'autres.

Et, au même instant, portant le sifflet à ses lèvres, il siffla trois petits coups brefs. Un charmant écureuil descendit lestement des branches de l'arbre voisin et, en trois sauts, il fut auprès de Phanor.

— Que voulez-vous de moi, Phanor? dit-il, vous savez que je n'ai rien à vous refuser. — Mon gentil écureuil, il s'agit d'un grand service à rendre au prince Vif-Argent que voici; il attend sa fiancée qui, pour pénétrer dans son royaume, doit traverser la Forêt Enchantée; le nain Passe-Partout, le bel aigle noir et madame la doyenne des taupes veulent bien offrir leurs services pour la guider; j'ai pensé que vous ne refuseriez pas les vôtres. — Voilà un singulier cortège pour une princesse, repartit l'écureuil en riant : n'importe, je suis prêt et je serai trop heureux si mes faibles talents peuvent servir à quelque chose.

Le roi, enchanté de la modestie de l'écureuil, le remercia en fort bons termes, puis il ajouta : — J'avais toujours entendu parler de l'étourderie des écureuils et je vois bien qu'on m'avait trompé, car vous me paraissez aussi sage que modeste. — Les hommes nous jugent sans nous connaître et ils prennent pour étourderie ce qui n'est qu'un moyen de nous défendre. Nos sauts et nos bonds imprévus sont destinés à les dérouter et à éviter le fatal coup de fusil dont ils nous poursuivent sans cesse; si nos mouvements étaient moins vifs et plus modérés, ils auraient trop de temps pour nous ajuster, nous tuer ou nous prendre. Hélas! fit l'écureuil en portant sa patte gauche à son œil droit, ils n'y réussissent que trop souvent. — Auriez-vous perdu quelqu'un qui vous est cher, aimable écureuil? dit le roi. — Ah! s'écria l'écureuil en pleurant, on m'a pris hier ma fiancée; elle est en cage chez le concierge du palais de Votre Majesté. — Chez mon concierge! s'écria le roi. Oh! soyez tranquille, gentil écureuil, dès ce soir elle vous sera rendue. L'écureuil se jeta aux genoux de Vif-Argent et lui lécha respectueusement la main. — Sire, dit-il, je suis prêt à tout; que faut-il faire? — Il faudrait, dit Phanor, rejoindre au plus tôt le nain Passe-Partout qui vous attend pour vous expliquer ses projets.

L'écureuil frotta son petit museau à terre en signe de respect, et, grimpant prestement sur l'arbre, il disparut dans la forêt en sautant de branche en branche.

— Enfin, dit le roi, j'espère, Phanor, que vous allez m'expliquer ce qui se passe; car je vous déclare que je n'y comprends rien du tout. Vous choisissez pour guider ma princesse un avorton haut comme ma botte, qui demande pour toute suite et pour tout secours, un aigle, une vieille taupe et un écureuil; tous ces êtres-là parlent comme des personnes naturelles et vous obéissent aveuglément, j'aimerais bien savoir pourquoi.

JAVOTTE

Moi aussi; c'est drôle que toutes ces bêtes parlent, grand'mère; je croyais qu'elles ne parlaient que dans les fables.

GRAND'MÈRE, souriant.

C'est Phanor qui va t'en donner l'explication.

Départ de Passe-Partout, de l'aigle, de la taupe et de l'écureuil.

— Sire, dit-il au roi, je vis depuis cent ans sur la lisière de cette forêt, j'ai plus souvent affaire aux bêtes qu'aux hommes et je ne m'en trouve pas plus mal. En les voyant de près, j'ai appris à comprendre leur langage et à le parler, mais c'est une œuvre qui demande du temps et de la patience ; je crois que vous n'avez pas une grande provision de cette dernière et j'ai pensé que vous désireriez comprendre notre entretien, c'est pourquoi je vous ai fait avaler dans votre verre d'eau sucrée une liqueur magique qui vous a appris en un instant ce que j'ai mis plus d'un siècle à étudier.

PIERRE.

En voilà une liqueur que je voudrais avoir ! ce serait joliment commode pour apprendre mon grec et mon latin ! Pourquoi Phanor ne s'en était-il pas servi pour lui-même, grand'mère?

GRAND'MÈRE.

C'est précisément ce que le roi lui demanda, et il répondit que les choses apprises facilement s'oublient de même et que l'on ne se souvient bien que de ce qui a coûté de la peine. — Ainsi, ajouta-t-il, je n'oublierai jamais la langue de mes amis les animaux, et il est probable, Sire, que vous ne la comprendrez plus lorsque vous aurez cessé d'avoir besoin d'eux.

JAVOTTE.

Moi je regrette bien de ne pas savoir parler la langue des bêtes ; j'aurais demandé à mes poissons rouges ce qu'ils voulaient manger, et ils ne seraient pas morts de faim, n'est-ce pas, Pierre?

PIERRE, un peu embarrassé.

Je ne sais pas.

JAVOTTE.

Mais si ; ils sont morts de faim, maman l'a dit.

Pierre ne répond rien.

GRAND'MÈRE.

Mais réponds donc à ta sœur, Pierre !

PIERRE, très rouge.

Grand'mère, je vais vous dire ; avant qu'ils soient morts, j'avais changé l'eau de leur bocal et j'avais mis du sel dans la nouvelle eau pour qu'ils se croient dans la mer, et je crois que cela les a un peu dérangés.

GRAND'MÈRE.

Je le crois sans peine ; tu ne t'étais pas vanté de cette équipée.

PIERRE.

Je n'étais pas bien sûr que le sel les avait tués, grand'mère, c'est pourquoi je ne l'ai pas dit; mais j'en suis très fâché pour tes poissons, Javotte, je t'assure, et puisque c'est ma faute, je t'en achèterai d'autres avec mon argent.

JAVOTTE, naïvement.

Mais c'est très cher les poissons rouges ! Si tu veux, achète m'en deux blancs et deux rouges.

PIERRE, fièrement.

Non, non, tu en auras quatre rouges.

JAVOTTE.

Oh ! merci beaucoup.

GRAND'MÈRE.

Voici Jane, bonsoir, mes enfants.

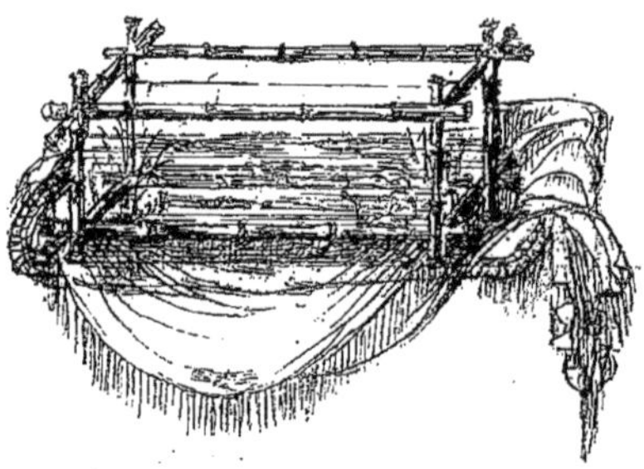

CINQUIÈME VEILLÉE

GRAND'MÈRE.

Le prince n'était pas complètement satisfait des explications de Phanor et, quoiqu'il n'aimât pas les longs discours, il questionna de nouveau son maître.

— Comment se fait-il que toutes ces bêtes vous obéissent ainsi, Phanor? demanda-t-il. — Toutes les bêtes ne m'obéissent pas, Monseigneur ; seulement les trois que vous avez vues m'ont des obligations particulières et je pensais bien en les appelant qu'elles ne refuseraient pas de me rendre service. Le bel aigle noir que vous avez vu avait reçu un coup de fusil dans l'aile, et vint s'abattre devant ma grotte, haletant et épuisé de fatigue, son aile lui refusant tout service; je m'approchai pour le secourir, mais, en me voyant, il crut que j'allais l'achever et il dit en gémissant dans son langage : « — Il était écrit dans le livre du Destin que je périrais aujourd'hui de la main d'un homme! Adieu donc, mon nid perché sur le grand sapin qui s'élance dans les nues! adieu mes chers petits aiglons! ce soir vous ne recevrez point de nourriture; votre mère n'osera vous quitter, faibles et dénués de plumes pour vous préserver du froid, ainsi nous mourrons tous, victimes de cette maudite race humaine!... » — « Tu te trompes, bel aigle, lui répondis-je, je ne viens point à toi pour te faire du mal, dans un instant tu en seras certain. » J'examinai sa blessure, et, après l'avoir lavée avec soin, j'appliquai sur la plaie des feuilles de lis préparées dans un certain baume. L'oiseau se sentit aussitôt soulagé et me regardant d'un œil étonné : « — Qui es-tu, me dit-il, toi qui comprends et parle la langue des oiseaux? » Je le lui expliquai et le portai dans ma grotte où je l'établis chaudement sur un lit de mousse.

— Bien, bien, interrompit Vif-Argent auquel l'histoire du bel aigle commençait à sembler longue, vous l'avez guéri, il vous en est reconnaissant; c'est ce qu'on lit dans beaucoup de fables. Mais la taupe et l'écureuil, quel bien leur avez-vous fait? — J'ai nourri l'écureuil pendant un hiver rigoureux. Le froid avait gelé tous les fruits et les pousses des arbres, et sans moi il serait mort de faim. Quant à la taupe, c'est une vieille bavarde si ennuyeuse que les autres taupes ne veulent plus l'écouter, prétendant qu'elles savent par cœur toutes ses histoires. Elle a découvert un beau jour que je comprenais le langage des bêtes, et dès que l'hiver arrive, grâce à une galerie souterraine qu'elle a creusée jusque dans ma grotte, elle vient chaque soir me conter ses vieilles rengaines; comme je ne l'interromps jamais, elle croit que je l'écoute, ce qui la rend parfaitement heureuse et je vous assure qu'elle

8

me sait plus de gré de cette complaisance que si je lui avais sauvé la vie.

Le prince, satisfait des explications de Phanor, coupa court à la conversation en remerciant son maître et il appela son page qui lui amena son cheval pie.

— Encore un instant, prince, reprit Phanor, avez-vous songé à l'inquiétude dans laquelle doit être votre ambassadeur pour son retour? Il serait, ce me semble, utile de le rassurer et de savoir également, d'une manière positive, si la reine vous agrée pour son époux. Le prince rougit de son étourderie. — Il est vrai, Phanor, que je n'ai nullement songé à tout cela; mais comment m'y prendre pour communiquer avec la princesse? — Il y a un moyen bien simple, dit le sage; suivez-moi, prince, et venez dans ma grotte; vous y trouverez tout ce qu'il faut pour écrire.

Le prince obéit et son maître l'installa devant une table.

— Maintenant écrivez deux billets séparés, l'un pour la princesse, l'autre pour Fortenguerre (c'était le nom de l'ambassadeur).

Vif-Argent prit la plume sans hésiter et traça rapidement quelques lignes. Après avoir plié ce billet, il en écrivit un second. Phanor ne put s'empêcher de sourire en lisant le premier de ces billets.

JAVOTTE.

Qu'est-ce qu'il y avait dans le premier?

GRAND'MÈRE

Tu verras. Puis Phanor les plia sans rien dire, les noua soigneusement avec un joli ruban rose.

JAVOTTE.

Il avait des rubans roses dans sa grotte, grand'mère! D'où venaient-ils?

GRAND'MÈRE, un peu embarrassée.

Je pense que le prince lui envoyait quelquefois des livres et qu'il nouait le paquet avec un ruban.

JAVOTTE.

Il devait être bien chiffonné, alors?

PIERRE, impatienté.

Voilà toujours tes bêtises! Il faut que tu arrêtes grand'mère pour un ruban; qu'est-ce que ça peut faire qu'il soit chiffonné ou non?

JAVOTTE.

C'est que grand'mère disait qu'il était très joli. Un ruban chiffonné n'est pas joli.

GRAND'MÈRE, agacée.

Oh! par exemple, cette fois Pierre a raison, Javotte : vraiment tu es impatientante. Je vais en rester là.

JAVOTTE, consternée.

Oh! pardon, grand'mère, ne soyez pas fâchée contre moi; c'est qu'on me dit toujours de ne pas chiffonner ma ceinture, parce qu'elle ne serait plus jolie... Alors j'ai cru... mais je ne dirai plus rien, plus rien du tout. Ne soyez plus fâchée contre moi, grand'mère, je vous en prie.

GRAND'MÈRE, radoucie.

Allons, soit, mais je ne sais plus ce que je disais.

PIERRE.

Vous disiez que le sage noua le billet avec un joli ruban rose.

GRAND'MÈRE.

Ah ! oui. Puis il appela doucement un beau pigeon blanc qui picorait du grain derrière la grotte. Le pigeon s'avança, marchant lentement sur ses petites pattes emplumées, et Phanor attacha le ruban rose autour de son cou en lui disant : « Chéri, tu vas porter cette lettre à la princesse Tranquille. » Puis il prit une fiole dans la cassette, versa dans une soucoupe un peu de son contenu qu'il offrit au pigeon ; celui-ci en avala quelques gorgées et s'éleva dans le ciel à une si grande hauteur qu'on ne vit plus qu'un imperceptible point blanc.

Laissons le pigeon faire son voyage et transportons-nous maintenant chez la princesse Tranquille, avec laquelle il nous faut lier plus ample connaissance.

JAVOTTE.

C'est vrai que nous ne la connaissons pas du tout.

GRAND'MÈRE.

Peut-être plus que tu ne crois. Il faut d'abord revenir un peu à la cour du roi de Golconde, que nous avons quittée en même temps que la fée Gentille. La mauvaise humeur du roi avait fini par se calmer et il se repentit même un peu d'avoir laissé partir Gentille sans prendre plus poliment congé d'elle. « Bah ! je réparerai cela plus tard, pensa-t-il, si elle vient rendre visite à sa filleule. » La fée ne revint pas et il n'en fut plus question. Cependant la princesse grandissait et devenait chaque jour plus jolie ; elle était en outre de si bonne humeur qu'elle riait sans cesse et ne pleurait jamais. Une seule chose déplaisait au roi qui avait un caractère fort emporté, comme nous l'avons vu : c'était l'extrême tranquillité de sa fille. Rien ne parvenait à l'émouvoir ni à la contrarier. « — En vérité, disait le roi, cette enfant ne sent rien et ne comprend rien, elle sera bête comme un chou ! » Mais le roi se trompait, car la petite princesse se montrait fort intelligente, et tout doucement, sans se presser, elle apprenait beaucoup de choses, parce qu'elle ne perdait jamais son temps, comme certains enfants ont coutume de le faire.

PIERRE.

C'est pour moi, grand'mère, que vous dites ça, n'est-ce pas?

GRAND'MÈRE, souriant.

Dame ! si tu te reconnais !...

PIERRE.

Oh ! oui, je le perds bien quelquefois ; mais c'est si amusant de flâner un peu !

GRAND'MÈRE.

Un peu, passe encore; mais il ne faut pas qu'un peu devienne beaucoup.

Le roi, dans sa colère le jour de la fête du baptême, n'avait point demandé à Gentille quel nom elle désirait donner à sa filleule; et il résolut, en voyant son calme habituel, de l'appeler Tranquille !

JAVOTTE.

Oh ! grand'mère, c'est donc la princesse que Vif-Argent a demandée en mariage?

GRAND'MÈRE.

Précisément, tu vois bien que tu la connaissais un peu,

seulement Tranquille était parvenue à l'âge de quinze ans à l'époque où nous sommes; le roi son père devenu vieux laissait faire à sa fille tout ce qu'elle voulait. Tranquille, malgré son calme habituel, avait une volonté fort arrêtée; et depuis plus d'un an elle refusait les nombreux partis qui se présentaient pour elle, car le bruit de sa beauté et de sa sagesse, sans compter la réputation des diamants de son père, s'étaient répandus dans le monde entier, et beaucoup de princes l'avaient demandée en mariage.

Elle répondait toujours, après avoir longuement regardé leurs portraits et questionné leurs envoyés, qu'ils ne lui plaisaient pas et qu'elle voulait un mari qui lui plût. Le roi lui répondait que les princesses ont l'habitude d'épouser précisément ceux qui ne leur plaisent pas; mais il ne parvenait point à la persuader. Enfin, un beau jour où il la pressait plus que de coutume, elle lui dit :

— Eh bien, mon père, je veux demander conseil à ma marraine; on m'a toujours dit qu'elle avait promis de ne point m'oublier; indiquez-moi donc sa demeure, il me semble qu'il est temps que je fasse sa connaissance.

Le roi, un peu surpris de cette demande inattendue, ne sut que répondre; car, depuis la malencontreuse fête, il ne s'était jamais inquiété de savoir ce qu'était devenue la fée Gentille. Au bout de quelques instants de silence il dit à la princesse :

— Ma foi, je dois vous avouer, ma fille, que j'ai tout à fait oublié son adresse. — Vraiment? dit Tranquille sans s'émouvoir, eh bien, je la trouverai moi-même.

Disant cela elle rentra dans sa chambre et se mit à réfléchir. — Il me semble, dit-elle, que j'ai vu dans la bibliothèque du roi mon père un livre qui s'appelle le *Calendrier des Fées*; peut-être contient-il l'adresse de ma marraine.

Et elle se rendit dans la bibliothèque où l'on trouva en effet le précieux volume, contenant l'adresse désirée.

JAVOTTE.

Mais comment envoie-t-on les lettres aux fées, grand'-mère? Est-ce par la poste?

GRAND'MÈRE, riant.

Je ne crois pas.

JAVOTTE.

Alors par qui?

GRAND'MERE.

L'auteur ne le dit pas.

JAVOTTE.

Ah! c'est dommage, je croyais que les auteurs disaient tout.

GRAND'MÈRE.

Tranquille écrivit donc une lettre à sa marraine. Elle lui exprimait un très grand désir de la voir et de lui demander conseil au sujet d'une importante décision qu'elle avait à prendre.

La Fée, en recevant des nouvelles de sa filleule, eut un mouvement de joie; car cela lui faisait beaucoup de peine de voir que la petite princesse n'eût jamais songé à elle. Elle prit aussitôt le parti d'aller lui rendre visite, et donna l'ordre d'atteler Négrillon au fameux chou qui lui servait toujours d'équipage.

JAVOTTE.

Mais, grand'mère, Négrillon devait être bien vieux puisqu'il y avait déjà quinze ans qu'il était au service de la Fée.

GRAND'MÈRE.

Il paraît que les ânes des fées ne vieillissaient pas, car Négrillon trottait toujours aussi bien.

Gentille arriva donc sans encombre à Golconde. Ce furent des cris d'étonnement dans toute la ville en la voyant passer.

Les enfants avaient bien entendu parler par leurs mères d'une fée qui était venue assister au baptême de la princesse et qui voyageait dans un chou; mais ils avaient cru que c'était un conte à dormir debout.

Ils se mirent à crier en la voyant : — Ah ! voilà la fée au Chou qui passe ! et ils appelaient de toutes leurs forces leurs mères et leurs grand'mères pour venir la voir.

JAVOTTE.

Pourquoi n'appelaient-ils pas aussi leurs pères et leurs grands-pères ?

GRAND'MÈRE.

Probablement parce que ceux-ci étaient occupés. Tranquille, entendant depuis son palais les cris des enfants, se mit à la fenêtre ; la Fée s'arrêtait précisément à ce moment-là devant la grande porte d'honneur.

— Ah ! c'est ma marraine elle-même, dit la princesse sans s'étonner, et comme si elle eût vu toute sa vie des Fées traînées dans un chou, elle descendit tranquillement l'escalier pour aller au-devant de Gentille. Après les premiers embrassements, le roi et la reine arrivèrent pour saluer la Fée.

JAVOTTE.

Le roi devait avoir un peu peur qu'elle ne fût fâchée puisqu'il avait été si malhonnête avec elle?

GRAND'MÈRE.

Oui, mais il fut bientôt rassuré par l'air gracieux de la Fée ; elle était si bonne qu'elle ne se souvenait plus du passé. Elle demanda à voir sa filleule en tête à tête, voulant lui parler librement.

— Qu'avez-vous à me dire, mon enfant? lui demanda-t-elle, quand elles furent seules. Confiez-moi tout ce qui vous inquiète. — Madame ma marraine, répondit Tranquille, je voudrais bien être débarrassée de tous ces princes qui me demandent en mariage. Le roi mon père veut absolument que j'en choisisse un et moi je ne peux me résoudre à épouser quelqu'un que je ne connais pas et qui me rendra peut-être très malheureuse. — Vous avez grand'raison, ma fille, dit la Fée. — Alors, que dois-je faire, madame? — Vous devez sans doute obéir au roi votre père, mais je vais vous indiquer, autant que je le puis, un signe auquel vous reconnaîtrez celui que vous devez choisir pour être heureuse. — Parlez, madame, je vous écoute. — Eh bien, quand il se présentera un prince dont le nom sera en tout point différent du vôtre, n'hésitez pas, acceptez-le, c'est avec lui que vous trouverez le bonheur. — Mais, madame, dit Tranquille en riant, tous les princes qui m'ont demandée en mariage avaient des noms différents du mien. — C'est possible, mais il m'est défendu de m'expliquer davantage, car nous ne devons pas faire connaître l'avenir aux simples mortels.

JAVOTTE.

Qu'est-ce que c'est, grand'mère, que des simples mortels?

GRAND'MÈRE.

Ce sont les hommes et les femmes qui existent dans le monde.

JAVOTTE.

Alors Pierre et moi nous sommes des simples mortels ?

GRAND'MÈRE.

Mais, oui.

JAVOTTE.

Et vous aussi, grand'mère?

GRAND'MÈRE.

Certainement.

JAVOTTE.

Oh ! je ne crois pas ça, je crois que vous êtes bien plus que nous deux.

GRAND'MÈRE, riant.

Je te remercie, Javotte, de la bonne opinion que tu as de moi, mais je t'assure que je ne suis qu'une simple mortelle.

La princesse remercia la Fée de son conseil, et lui promit de le suivre exactement, puis elle ajouta : — Si vous vouliez, madame ma marraine, mettre le comble à vos bontés, vous me diriez comment je dois m'y prendre pour pouvoir vous parler, si je me trouvais dans un grand embarras ou si je courais un véritable péril; car on ne sait jamais ce qui peut arriver. — Vous avez raison, mon enfant, répondit la Fée à la prévoyante princesse ; tenez, ouvrez ce petit étui, vous y trouverez ce qu'il faut pour m'appeler au besoin à votre secours.

La princesse ouvrit l'étui et en tira une petite clochette d'argent ; elle l'agita et la clochette fit entendre un son si pénétrant et si prolongé, qu'il ressemblait au son du cor.

— N'importe où vous serez, dit la Fée, j'entendrai le son de votre clochette, mais ne vous en servez qu'à la dernière extrémité, car si une fois vous m'appelez inutilement, elle perdra toute sa vertu. La princesse remercia mille fois sa marraine, et la Fée, après avoir accepté un fort bon dîner offert par le roi, prit congé et remonta dans son chou.

Mais en voilà assez pour ce soir, mes enfants, il est très tard, allez vous coucher.

Elle les embrasse et rentre au salon.

PIERRE à JAVOTTE.

Javotte, j'ai deviné quel prince elle épousera.

JAVOTTE.

Oh ! Pierre, dis-le-moi, je t'en prie.

PIERRE.

Eh bien, c'est le prince Vif-Argent.

JAVOTTE.

Et comment as-tu deviné ça?

PIERRE.

Parce que Vif-Argent c'est tout le contraire de Tranquille, tu comprends?

JAVOTTE.

Non.

PIERRE

Mais tu sais bien ce que c'est que du vif-argent?... c'est cette chose blanche qui est dans le vieux baromètre de papa, et qui remue dès qu'on le touche...

JAVOTTE.

Ah ! je ne savais pas.

PIERRE.

Tu comprends bien que quelque chose qui remue toujours, c'est tout le contraire de quelque chose qui ne remue jamais.

JAVOTTE, *émerveillée.*

Oh! comme tu expliques bien, Pierre, je n'avais pas compris du tout que la princesse ne remuait jamais.

PIERRE.

Mais qui est-ce qui te dit qu'elle ne remuait jamais?

JAVOTTE

C'est toi!

PIERRE.

Mais non, je ne te dis pas ça.

JAVOTTE.

Eh bien, quoi, alors?

PIERRE, *cherchant un moment.*

Bah! tu es trop petite pour comprendre; allons nous coucher.

Les portraits des princes rongés par les rats.

SIXIÈME VEILLÉE

GRAND'MÈRE.

Peu de jours après arrivèrent les ambassadeurs du prince Vif-Argent. Tranquille était assise dans le jardin quand on vint les lui annoncer, car le roi, impatienté des refus continuels de sa fille, ne voulait plus recevoir aucune demande en mariage.

— De la part de quel prince viennent ces ambassadeurs? demanda la princesse. — De la part du prince Vif-Argent, Madame. — Du prince Vif-Argent? quel nom singulier, se dit Tranquille en elle-même; et, répétant ce nom tout haut, elle s'écria, comme frappée d'un trait de lumière : — Mais c'est lui dont le nom diffère du mien en tout point! qu'y a-t-il de plus opposé que Tranquille et Vif-Argent?

PIERRE, triomphant.

Hein! Javotte, avais-je bien deviné?

JAVOTTE, dans l'admiration.

Oh! oui.

GRAND'MÈRE.

Qu'on fasse attendre quelques instants ces ambassadeurs, dit la princesse, et qu'on m'apporte le portrait du prince Vif-Argent, qui doit être dans la collection de ceux des princes qui m'ont demandée et que j'ai fait monter au grenier. Un page s'empressa de s'acquitter de la commission, mais un temps fort long s'écoula avant qu'il reparût. Enfin, il arriva avec une mine consternée. — Madame, dit-il à la princesse, voilà tout ce qui reste du prince Vif-Argent.

Et il lui présenta sur un plateau un petit cadre fort joliment orné et au bas duquel était inscrit le nom du prince; quant au portrait lui-même, il avait été mangé par les rats. Tranquille ne s'émut point d'une telle mésaventure. — Je n'aurais pas dû mettre tous ces princes au grenier, dit-elle, mais je n'en aurai que plus de mérite à obéir à ma marraine, sans avoir vu si l'époux qu'elle me destine est beau ou laid. Qu'on fasse entrer les ambassadeurs!

Ils entrèrent en effet, et la princesse les reçut à merveille, mais avec la modestie d'une jeune personne qui ne voulait point avoir l'air trop empressé. Elle les pria d'attendre deux ou trois jours sa réponse, puis elle rentra au palais et rendit compte à ses parents de ce qui venait de se passer. Nous avons vu déjà comment elle renvoya les ambassadeurs du

Fracassin part pour envahir Golconde.

roi Fracassin et laissa espérer une réponse favorable à ceux de Vif-Argent.

Fracassin, dans sa colère, fit aussitôt déclarer au roi de Golconde que si la princesse continuait à lui refuser sa main, il pénétrerait chez lui pour l'enlever avec une armée qui ravagerait ses États.

Le vieux roi, très effrayé, fit venir sa fille. — Comment se fait-il, dit-il avec colère, que vous ayez refusé tous les princes du monde pour accepter ce Vif-Argent, que vous ne connaissez pas plus que les autres, et dont vous n'avez pas même vu le bout du nez, puisque son portrait a été mangé par les rats! Je pense que vous allez renoncer à cette fantaisie, et ne pas mettre mon royaume à feu et à sang pour ce caprice.

La princesse répondit respectueusement qu'elle était bien fâchée de déplaire à son père, mais qu'un ordre supérieur l'obligeait à épouser le prince Vif-Argent.

— Supérieur! s'écria le roi de plus en plus mécontent : et qu'y a-t-il de supérieur aux ordres d'un père?... Mais j'y suis, je comprends tout; c'est sans doute votre marraine la fée Gentille qui vous a donné cet ordre-là. En vérité, on devrait plutôt l'appeler la fée Guignon, car chacune de ses visites me porte malheur. A la suite de la première, on m'a bu cent bouteilles de mon vieux tokai et deux cents de mon meilleur champagne; et, à la suite de la seconde, on va mettre mon royaume sens dessus dessous.

La princesse répliqua fort doucement que le premier malheur ne lui semblait pas de grande importance et que le second était facile à éviter. — Mais, petite malheureuse! reprit le roi exaspéré, ne faut-il pas que vous traversiez vous-même le royaume de Fracassin, pour vous rendre chez votre Vif-Argent, à moins que vous ne vouliez passer par la Forêt Enchantée, dont personne n'est jamais revenu !

Au moment où le roi parlait ainsi, on entendit frapper contre le carreau de la fenêtre, et Tranquille vit un joli pigeon blanc avec un ruban rose autour du cou, qui était perché sur le balcon et avait l'air d'attendre qu'on lui ouvrît, c'est ce que fit la princesse et l'oiseau vola aussitôt sur son épaule.

— Eh bien, qu'est-ce qui vous prend? dit le roi, qui était fort soigneux de son mobilier; au lieu de m'écouter vous allez ouvrir à cet oiseau qui va tout salir dans mon appartement! — Sire, dit la princesse, laissez-moi détacher le ruban qu'il porte autour de son cou, car il me semble qu'une lettre y est suspendue. — Détachez-le promptement, dit le roi, et chassez cette vilaine bête. Tranquille dénoua le ruban patiemment, parce qu'il y avait beaucoup de nœuds, et, pendant ce temps-là, le pigeon restait immobile sur son épaule. — Mais dépêchez-vous donc, ma fille! vous n'en finissez pas! dit le roi qui s'impatientait vite. — Permettez, mon père, il faut user de précaution pour ne pas déchirer la lettre. Ah! il y en a deux : l'une est à mon adressse, et l'autre porte celle de l'ambassadeur du prince Vif-Argent.

Le front du roi se rembrunit. — Qu'est-ce qu'il demande encore, cet importun personnage? Voyons, ma fille, lisez tout haut.

Et la princesse lut tout haut ce qui suit :

« Divine Tranquille! je mourrai de désespoir si vous me refusez votre main ; car nous sommes faits l'un pour l'autre, et je vous adore. Prononcez donc ce oui si désiré, et ne vous souciez pas plus des menaces de Fracassin que d'une figue!

» Je vous envoie un nain, un aigle, une taupe et un écureuil, qui vous feront traverser la Forêt Enchantée sans difficulté. Hâtez-vous, car si vous tardez, je mourrai consumé d'impatience, et vous ne trouverez plus qu'un monceau de cendres. »

— Ah ! voilà une belle lettre, une belle lettre, en vérité ! fit le roi indigné ; il n'y est pas plus question de moi, que si vous étiez orpheline. Il paraît que ce beau prince ne s'inquiète guère d'obtenir mon consentement, pourvu qu'il soit certain du vôtre. Et voyez donc la jolie escorte qu'il vous propose ! un nain, un aigle, une taupe et un écureuil ! Mais il est fou, ou il se moque de nous, je ne sais ce qui me tient de faire jeter son ambassadeur à la porte et de le livrer à Fracassin. — Calmez-vous, mon père, dit la princesse à laquelle le billet de Vif-Argent n'avait pas déplu. Il est possible, ajouta-t-elle en rougissant un peu, qu'il y eût une lettre pour vous qui se soit perdue en route. Faites venir l'ambassadeur, nous lui remettrons le billet qui lui est destiné ; peut-être nous en dira-t-il davantage.

Le roi qui, sans le laisser paraître, avait au fond grande confiance en sa fille, se calma en effet et l'ambassadeur fut mandé. La princesse lui remit le billet qu'il lut et relut deux fois en pâlissant ; car il était poltron comme un rat, et la perspective de traverser la Forêt Enchantée le faisait frémir, mais, craignant la colère de son maître, il n'osa pas témoigner son effroi.

— Eh bien, que contient ce billet ? demanda le roi. — Sire, dit Fortenguerre en cherchant à cacher son émotion, mon maître m'annonce qu'aussitôt après que vous aurez donné votre consentement, nous pourrons partir et traverser sans péril la Forêt Enchantée. — Ah ! il est question de mon consentement; c'est fort heureux, dit le roi, lisez-moi donc cette lettre. Fortenguerre lut ce qui suit :

« Garde-toi bien d'effrayer la princesse par tes récits ridicules, j'ai un moyen infaillible de vous faire traverser la Forêt Enchantée. N'oublie pas de demander la main de la princesse Tranquille à son père, car je n'y ai point pensé. »

— Comment? comment? dit le roi qui avait l'habitude de répéter deux fois le même mot, vous avez un moyen de traverser la Forêt Enchantée! Mais alors, cela change la thèse, et je donne mon consentement à ce que ma fille accepte le prince Vif-Argent; je vous engage même à hâter le plus possible les préparatifs de votre départ, car je ne me soucie pas de voir apparaître l'armée de Fracassin aux portes de Golconde, et je vais lui faire savoir sur-le-champ que ma fille est partie et hors de mon royaume.

La princesse ne put s'empêcher de sourire en voyant avec quel empressement le roi son père voulait la mettre à la porte. — Mais, Sire, lui dit-elle, vous oubliez que je dois avant tout attendre l'escorte annoncée par le prince : sans elle, je ne puis songer à traverser cette terrible forêt. — Ah oui! terrible est bien le mot! s'écria Fortenguerre qui n'avait pas encore repris ses esprits. — Et quel danger y court-on? lui demanda Tranquille.

L'ambassadeur sentit qu'il venait de commettre une imprudence; il balbutia quelques mots inintelligibles, puis, saluant profondément, il demanda la permission de se retirer qui lui fut accordée.

Quand Fortenguerre se fut retiré, la princesse entendit de nouveau de petits coups donnés dans la fenêtre : c'était le pigeon qui semblait lui rappeler sa présence. — Ah! mon joli petit messager, tu me parais attendre une réponse, dit

Tranquille. Ne croyez-vous pas, mon père, qu'il serait convenable d'écrire quelques mots au prince Vif-Argent? — Tu crains qu'il ne se consume et de ne plus trouver que ses cendres, répondit le roi en riant, car, depuis qu'il était délivré de la crainte de Fracassin, il avait retrouvé sa bonne humeur. Eh bien, tu peux être tranquille; je sais ce que valent ces menaces d'amoureux; tu le retrouveras bien portant, mais je ne m'oppose pas à ce qu'on lui réponde. — Il serait peut-être plus convenable que ce fût vous, mon père, dit la princesse. — Je veux bien, je vais même lui faire sentir, adroitement et sans en avoir l'air, son impolitesse.

Et le roi écrivit ce qui suit :

« Prince Vif-Argent, vous êtes fort malhonnête de ne pas m'avoir adressé la lettre que vous envoyez à ma fille, j'aurais le droit de m'en fâcher, mais je veux bien oublier vos torts et vous accorder la main de Tranquille, que vous ne me demandiez pas. Envoyez-la chercher le plus vite possible; elle n'attend que votre escorte pour partir.

» Votre futur beau-père,

» Le Roi de Golconde. »

PIERRE.

Le roi appelait cela lui faire comprendre adroitement, mais il le lui disait tout crûment, n'est-ce pas? grand'mère.

GRAND'MÈRE.

Oui, assez crûment, il me semble. La princesse plia la lettre, l'attacha au cou du pigeon, lui donna un baiser sur sa petite tête blanche et il partit.

Il est temps maintenant de revenir au nain Passe-Partout,

que nous avons laissé faisant ses préparatifs de départ. Passe-Partout, en quittant Phanor et le roi, s'était rendu chez lui, où il attendit l'arrivée des trois animaux qu'il avait demandé à emmener avec lui. L'habitation du nain, située à l'entrée de la fameuse forêt, était cachée à tous les yeux par un fourré de broussailles presque impénétrable ; cependant, en regardant de plus près, on découvrait un petit sentier, large, juste assez pour laisser passer un chat.

JAVOTTE.

Il devait être joliment petit, car il suffit à mon chat que j'entr'ouvre une porte pour y passer.

GRAND'MÈRE.

Il suffisait à Passe-Partout. Sa maison bien proportionnée à sa petite taille avait un toit couvert par de petites coquilles de noisettes au lieu de tuiles, et les murs disparaissaient sous des petits liserons grimpants.

Le nain, en attendant ses compagnons, préparait son sac de voyage qui était une grosse cosse de haricot à laquelle il avait ingénieusement adapté une petite charnière, de façon qu'elle s'ouvrît et se fermât très facilement; il portait cette cosse sur son épaule suspendue par trois fils d'araignée tressés solidement ensemble. La cosse contenait un dard de frêlon, seule arme qu'emportât le nain; un grain de raisin pour étancher sa soif, et un pâté de cuisses de mouches marinées, qu'il aimait beaucoup. Lorsqu'il eut fini de remplir son sac, un bruit d'ailes se fit entendre et l'aigle noir vint s'abattre devant la petite maison; le nain sortit aussitôt et lui dit de sa voix aigrelette : — Ah! c'est toi que m'envoie Phanor; tu me seras d'un grand secours dans mon expé-

Arrivée du pigeon messager chez le roi de Golconde.

dition, mais, ajouta le nain avec son arrogance ordinaire, à condition que tu m'obéisses en tous points!

L'aigle eut envie de rire en voyant l'orgueil de cet avorton qu'il eût pu anéantir d'un seul coup de bec et, sans même daigner répondre à sa demande : — Je suis prêt à partir, lui dit-il, indique-moi où nous allons, car je l'ignore.

Au même moment, on vit sortir de terre la tête de la vieille taupe qui, suivant une galerie souterraine qu'elle seule connaissait, était arrivée aussi vite que l'aigle. — Ah! ah! fit-elle d'un air triomphant, me voici arrivée aussi vite que vous, bel aigle, quoique je n'aie pas vos grandes ailes. — Cela est vrai, madame, répondit l'aigle, poli comme un grand seigneur; mais j'ai fait un détour pour aller prendre congé de ma femme et de mes enfants. — Pour moi, dit la taupe, il y a longtemps, grâce à Dieu, que je suis débarrassée de mon mari qui me rendait fort malheureuse. Quant à mes enfants, je ne sais pas trop ce qu'ils sont devenus; ils avaient le goût des voyages et... — C'est bon, c'est bon! interrompit le nain; vous nous conterez cela une autre fois. J'aperçois l'écureuil qui vient compléter notre compagnie.

En effet, d'un saut léger, l'écureuil se trouva devant la maison du nain. — Maintenant, dit Passe-Partout d'un ton solennel, je dois vous instruire du but de notre voyage. Apprenez, mes amis, que nous sommes chargés de la périlleuse mission de ramener la princesse Tranquille à son futur époux le roi Vif-Argent et de lui faire traverser sans encombre la Forêt Enchantée, dont jamais mortel n'est revenu. J'espère que vous vous montrerez à la hauteur de cette glorieuse entreprise, et que chacun de vous m'apportera le concours de ses efforts. — Il n'y a pas besoin de faire un discours si pompeux pour nous apprendre ce que nous savons déjà, fit la taupe, fâchée d'avoir été interrompue. Quant à vous aider, nous ne serions pas venus si nous n'avions pas voulu le faire; seulement, ne vous imaginez pas que ce soit pour vos beaux yeux, car c'est uniquement pour obliger Phanor.

Le nain, piqué au vif, n'osa cependant rien répondre, de peur de fâcher tout à fait la taupe. — Voici mon plan, dit-il d'un ton moins arrogant. Rien n'est plus facile, ce me semble, que de traverser à nous quatre la Forêt, en nous y prenant de la manière que voilà : Je monterai sur le dos de l'aigle noir, s'il est de force à me porter! — Je le crois! répondit l'aigle avec un sourire, et je vous assure que cela ne me gênera pas, car plus d'une fois j'ai enlevé un mouton dans mes serres. — Fort bien, reprit Passe-Partout. Quant à madame la taupe, je crois que l'écureuil peut s'en charger; elle accrochera ses griffes aiguës dans l'épaisse fourrure de son compagnon de route, et, comme cela, elle se maintiendra très solidement sur son dos. — Bien volontiers, reprit l'écureuil, je connais à merveille tous les détours de la Forêt, et j'arriverai par une route fort courte au royaume de Golconde; mais cependant mon voyage ne sera pas aussi rapide que celui de l'aigle noir, et vous serez obligés de m'attendre. — Ne vous inquiétez pas de cela, reprit Passe-Partout : je suis moi-même forcé de m'arrêter plusieurs fois en route pour prendre des mesures en vue de notre retour. — Alors tout est pour le mieux, repartit l'écureuil. — Pour le mieux! s'écria la taupe, certes non; croyez-vous que je me soucie d'entreprendre à mon âge un voyage à dos d'écureuil?... et d'être secouée comme un prunier par les sauts et les bonds qui sont son allure ordinaire. Trouvez un autre moyen; car, pour celui-là, je ne consens pas même à en essayer...

— Vous avez tort, madame la taupe, lui dit l'écureuil avec sa gentillesse ordinaire, je sauterai si légèrement et avec tant de précautions que vous ne sentirez pas la moindre secousse.

La taupe, au fond du cœur, mourait d'envie de connaître un peu le monde, et de voir des choses nouvelles dont elle n'avait jamais pu soupçonner l'existence dans les obscurs souterrains où elle avait passé sa vie; seulement elle voulait se faire prier. Elle ne résista pas à l'aimable insistance de l'écureuil et consentit tout en grognant, pour n'en pas perdre l'habitude.

Mais en voilà assez pour ce soir, mes enfants; je suis fatiguée, à demain!

SEPTIÈME VEILLÉE

GRAND'MÈRE.

Étant ainsi d'accord, le nain jeta son havresac sur son épaule, monta sur l'aigle et s'assit commodément entre ses ailes; la taupe grimpa sur le dos de l'écureuil, enfonça solidement ses griffes dans sa fourrure sans s'inquiéter même si elle ne l'égratignait pas, et les quatre compagnons partirent pour leur grand voyage.

JAVOTTE.

Mais, grand'mère, comment feront-ils pour ramener la princesse au travers de la Forêt? ils no pouront pas la mettre sur le dos de l'aigle, ni sur celui de l'écureuil?

GRAND'MÈRE.

Ah! c'est le secret de Passe-Partout, nous le verrons quand nous en serons là.

JAVOTTE.

Et en serons-nous bientôt là, grand'mère? il y a si longtemps que nous attendons qu'ils passent dans cette forêt.

GRAND'MÈRE.

Que veux-tu! je ne peux pas aller plus vite; il faut attendre encore un peu.

PIERRE.

N'allez pas plus vite, grand'mère, car ce serait trop tôt fini.

AVOTTE.

Oh! oui, c'est vrai, il vaut bien mieux que ce ne soit pas fini.

GRAND'MÈRE.

Le voyage de l'aigle et du nain s'acccomplit sans accident, ils s'arrêtèrent plusieurs fois; d'abord auprès d'un lac, puis au-dessus d'un groupe de rochers, et enfin au-dessus d'un grand château tout en glaces, situé au milieu d'un immense carrefour où quatre routes se croisaient. A chaque arrêt, l'aigle descendait rapidement jusqu'à terre, le nain sautait à bas, regardait avec soin tout autour de lui et inspectait avec soin la Forêt, puis il remontait sur son aigle et repartait de plus belle.

Quand ils s'arrêtèrent auprès du lac, Passe-Partout dit à son compagnon : — Je crois que nous ferions bien de manger quelque chose, j'ai quelques provisions dans mon sac, dont je veux vous offrir une part.

Et, parlant ainsi, il ouvrit sa cosse de haricot, en tira le pâté de cuisses de mouches, et, ouvrant un imperceptible couteau, il se mit en devoir d'en couper une tranche pour l'aigle noir. — Je vous remercie, dit celui-ci, mais je n'aime pas beaucoup le pâté de mouches, je préfère le poisson et je vais en pêcher un. En effet, l'aigle, planant au-dessus de l'eau, plongea tout à coup et rapporta un fort beau brochet qu'il croqua à belles dents.

JAVOTTE.

Les aigles ont donc des dents, grand'mère? je ne savais pas.

GRAND'MÈRE.

Mais non, Javotte; ils n'en ont pas; c'est une manière de parler, qui n'est pas très exacte dans cas.

JAVOTTE.

Oh! ça ne fait rien grand'mère, parlez comme vous voulez.

GRAND'MÈRE, souriant.

Je te remercie de la permission. Quand l'aigle eut dévoré son brochet et Passe-Partout son petit pâté de mouches, le premier avala quelques gorgées de l'eau du lac et le second suça son grain de raisin, puis ils repartirent fort bien restaurés.

PIERRE.

Et l'écureuil, grand'mère, que faisait-il avec sa vieille taupe? J'espère qu'il l'aura jetée par terre.

GRAND'MÈRE.

Dès que l'aigle et Passe-Partout furent partis et la taupe cramponnée au cou de l'écureuil, celui-ci grimpa lestement sur un arbre très élevé ; parvenu à la plus haute branche, il prit son élan et retomba sur la cime de l'arbre suivant, et franchit ainsi en peu de temps un assez long espace. Au premier bond la taupe ne dit rien, mais, quand arrivèrent les suivants, elle commença à se sentir fort secouée ; cependant elle tint bon et ne dit rien encore pendant quelques instants ; tout à coup, après un saut plus grand que les autres, elle cria :

— Ah çà ! allez-vous continuer longtemps de sauter comme ça, et croyez-vous que je vais me laisser secouer ainsi pendant tout le voyage ?... Faites-moi le plaisir de vous arrêter tout de suite et de cheminer tranquillement par terre comme tout le monde, au lieu de faire ces bonds dévergondés qui me remuent les entrailles !

L'écureuil répondit sans s'arrêter : — Je suis désolé, madame la taupe, mais je ne puis voyager autrement ; si je faisais ce que vous me dites, nous n'arriverions jamais ; d'ailleurs, ce sont les premiers moments qui coûtent le plus, vous verrez que dans peu vous serez habituée à cette façon d'aller et qu'elle vous semblera très commode.

La malheureuse taupe fut prise en ce moment-là de tels maux de cœur qu'elle ne put répondre, et l'écureuil, pensant qu'elle avait senti la justesse de son raisonnement, continua à sauter de plus belle sans s'en inquiéter davantage.

JAVOTTE, riant.

Elle devait être comique, cette vieille taupe avec son mal de cœur ! Est-ce qu'elle finira pas s'y habituer ?

PIERRE.

Tu veux toujours tout savoir d'avance ; attends qu'on le dise !

GRAND'MÈRE.

Vers le milieu du jour, l'écureuil très fatigué, et ayant grand'faim, avisa un beau noyer chargé de noix sur lequel il s'arrêta, et se mit à en casser adroitement quelques-unes. Un peu inquiet du silence de la taupe et supposant qu'elle était de fort mauvaise humeur, il lui dit : — Madame, voulez-vous accepter quelques noix que je vais vous éplucher et descendre à terre pour les manger?...

La taupe ne répondit pas. Son compagnon, qui ne pouvait voir ce qu'elle faisait, descendit avec précaution sur un épais tapis de mousse au pied de l'arbre et dit : — Voulez-vous descendre, madame, et vous reposer sur la mousse?

Même silence. Alors l'écureuil impatienté se secoua vivement pour faire tomber la taupe sur la mousse, où elle ne pouvait se faire aucun mal. Elle tomba, en effet, mais il vit avec effroi qu'elle était évanouie!

Il se mit aussitôt à lui frotter les tempes avec sa patte, puis il cueillit quelques brins d'herbes odoriférantes qu'il lui mit sous le nez. Heureusement, il s'était glissé parmi les brins d'herbe une aiguille de sapin qui piqua si fort la taupe qu'elle revint à elle en un instant. — Où suis-je? dit-elle, et comment me trouvé-je ici? L'écureuil, enchanté de la voir renaître, lui dit : — C'est moi, madame, qui vous y ai amené; ne me reconnaissez-vous pas?

— Si, je te reconnais, monstre! fit la taupe indignée. Si, je reconnais le bourreau qui m'a si bien secouée que j'en suis presque morte! Je ne sais ce qui me retient de t'arracher les yeux avec mes griffes. — Pardonnez moi, madame la taupe, dit doucement l'écureuil; ce n'est pas moi qui vous ai demandé de faire le voyage sur mon dos; et je vous assure que j'aurais bien préféré ne pas vous porter, car vous me gêniez beaucoup et vous m'avez même enfoncé vos griffes si fort dans le cou, que vous pouvez voir sur mon poil le sang qui a coulé.

— Vraiment ! grogna la taupe ; eh bien, j'en suis fort aise et je voudrais t'avoir fait encore plus de mal que ça ; mais, en tout cas, ne t'imagine pas que je vais remonter sur ton dos ; tu peux partir seul et je trouverai bien moyen d'arriver sans toi. — Mais c'est impossible, reprit l'écureuil ; j'ai promis à Passe-Partout de vous ramener saine et sauve à Golconde. — Et tu appelles ça m'amener saine et sauve, quand, à la moitié du voyage, je suis près d'expirer ! Non, non ! pars tout seul et que je ne te voie plus, car je ne sais à quelle extrémité pourrait me pousser ma vengeance !

L'écureuil, effrayé des griffes aiguës que la taupe dressait menaçantes contre lui et au fond très satisfait d'être débarrassé d'elle, lui dit : — A votre gré, madame ; puisque vous le voulez absolument, je repars seul ; et, grimpant de nouveau sur le noyer, il croqua quelques noix, après quoi il se remit en route.

PIERRE.

Il devait être joliment content de n'avoir plus sa vieille taupe sur le dos.

GRAND'MÈRE

Oui, il n'en était pas fâché.

Quand l'écureuil fut hors de vue, la taupe se mit à réfléchir : « Je crois que j'ai fait un coup de tête, » dit-elle tout haut, car elle avait l'habitude de se parler à elle-même, comme toutes les vieilles gens, « et je me demande comment je vais m'y prendre pour arriver en même temps qu'eux à Golconde... » Au moment où la taupe disait ces mots, elle entendit la voix de Passe-Partout qui s'arrêtait pour inspecter la Forêt.

— Quoi! c'est vous madame la taupe... dit-il en l'apercevant. Et l'écureuil, qu'est-il devenu? — Je présume qu'il continue à sauter comme un enragé qu'il est; grâce au ciel je n'en suis pas morte, quoique vous ayez bien fait tout ce qu'il fallait pour me tuer en me mettant sur le dos de cette maudite bête! — Je ne comprends pas vos plaintes, dit le nain; vous voyez que j'ai fait le même voyage que vous et je ne suis pas du tout fatigué. — Je le crois sans peine; quand on est assis bien commodément sur le dos d'un aigle, il n'y a pas de quoi être las; mais venons au fait et dites-moi si nous approchons du terme du voyage. — Nous sommes maintenant assez près de Golconde, dit le nain; il ne faut pas plus d'une demi-heure à l'aigle noir pour y arriver. — Eh bien, moi, je ne mettrai pas plus de deux heures, fit la taupe en se rengorgeant; je suis venue à Golconde dans ma jeunesse et je me souviens fort bien maintenant du chemin. Au revoir, messieurs, dans deux heures nous nous retrouverons.

Tout se passa comme la taupe l'avait dit; elle s'enfonça sous terre et retrouva parfaitement son chemin. Elle sortit de son souterrain juste à l'entrée des portes de la ville; il faisait un soleil magnifique qui lui éblouit tout à fait les yeux.

— Ce voyage m'a décidément beaucoup fatigué la vue, dit la taupe; je crois qu'il serait convenable qu'avant de paraître devant la princesse, je m'achète des lunettes. Là-dessus elle entra dans la ville, et ayant cheminé pendant quelque temps, elle aperçut, malgré sa mauvaise vue, une énorme paire de lunettes d'or qui surmontait la porte d'une boutique; elle entra résolument, et comme elle savait parler l'hindou, car elle avait été fort bien élevée, elle demanda au marchand s'il aurait une paire de lunettes qui pût lui convenir. Le marchand, qui n'avait point vu entrer la taupe, chercha d'où pouvait venir cette petite voix ; enfin il l'aperçut et demeura muet de stupéfaction en entendant une taupe qui demandait des lunettes.

JAVOTTE, riant.

Cela devait être bien drôle, grand'mère!

GRAND'MÈRE.

La taupe, fâchée de ce qu'on ne lui répondait pas, dit : — Eh bien! n'avez-vous pas entendu ce que je vous demande? — Si fait, j'ai entendu, dit le marchand en recouvrant la parole; mais comment pouvez-vous imaginer que je fabrique des lunettes pour des taupes? cela ne s'est jamais vu. — Eh bien, c'est un grand tort que vous avez, dit aigrement la taupe, car nous avons en général la vue délicate et vous gagneriez beaucoup d'argent. — Ma foi, madame la taupe, dit le marchand, je veux essayer de vous fabriquer quelque chose, ne fût-ce que pour la rareté du fait; prenez donc la peine de vous asseoir.

La taupe fatiguée ne se fit pas prier, et, au bout de quelques instants, le marchand, qui était allé dans son arrière-boutique reparut, portant un imperceptible petit monocle.

JAVOTTE

Qu'est-ce que c'est qu'un monocle, grand'mère ?

GRAND'MÈRE.

C'est un lorgnon qui n'a qu'un seul côté, et qui ressemble à un petit rond de verre.

PIERRE.

C'est comme celui que l'oncle Georges enfonce dans son œil, n'est-ce pas, grand'mère ?

GRAND'MÈRE.

Précisément. L'opticien s'approcha de la taupe, ajusta délicatement dans son œil gauche le petit rond de verre et dit : — Maintenant, clignez l'œil droit, madame, et dites-moi si vous voyez avec l'œil gauche. — Mais j'y vois à merveille ! s'écria la taupe, voilà une excellente invention, seulement, je n'ai pas de quoi vous payer. Vous viendrez tout à l'heure au palais du roi réclamer ce qui vous est dû.

Le marchand, de plus en plus étonné, en entendant parler du palais du roi, s'inclina profondément et ajouta un petit cordon élastique au monocle de la taupe, puis il le lui passa autour du cou et la reconduisit avec force salutations, jusque dans la rue.

JAVOTTE, riant.

Oh ! que je voudrais voir une taupe avec un monocle, grand'mère !

GRAND'MÈRE.

Malheureusement je ne puis point t'en montrer. Mais laissons-la trottiner et arrivons avant elle au palais du roi, qui attendait avec une grande impatience le moment du départ de sa fille, tremblant toujours de voir Fracassin pénétrer dans ses états. Quant à la princesse, elle s'occupait fort paisiblement avec la reine à préparer son trousseau. Le roi haussait les épaules en voyant les marchandes de modes, les lingères, les couturières, enfin toutes les meilleures faiseuses du royaume, apporter sans cesse de grands cartons au palais.

La taupe chez l'opticien.

— Vous êtes folle, ma fille, disait-il, avec tous vos colifichets ; comment pouvez-vous imaginer d'emporter tout cela avec vous, quand vous ne savez pas seulement si vous pourrez passer vous-même. — Je suppose, dit la reine, que le prince Vif-Argent ne s'imagine pas que ma fille arrivera à sa cour sans un habit à se mettre ; il saura bien s'arranger pour les lui faire parvenir ; d'ailleurs, ajouta-t-elle, je ne veux pas que ma fille parte ainsi comme une dépourvue ; il ferait beau voir qu'on la mariât sans exposer son trousseau, comme cela se fait partout ; c'est déjà bien assez désagréable qu'elle n'ait point reçu de corbeille. — Tiens, dit le roi, je n'avais pas réfléchi à ce dernier point ; en vérité, ce Vif-Argent n'a pas le moindre usage du monde. — Vous oubliez, mon père, dit Tranquillle, que les communications sont interrompues entre nous ; d'ailleurs, ajouta-t-elle fort sensément, cela est de peu d'importance, et toutes ces expositions-là ne sont qu'affaires de vanité.

Le roi ne répondit rien, comme il faisait à l'ordinaire lorsqu'il avait tort. A l'instant où cette conversation finissait, on entendit une grande rumeur dans la cour du palais ; une foule considérable de peuple était appuyée contre les grilles et on entendait un murmure confus de cris, de rires et d'exclamations d'étonnement. Le roi et la reine s'approchèrent de la fenêtre et virent au même instant s'abattre devant le perron du palais un magnifique aigle noir, portant sur son dos un microscopique personnage, tout habillé de jaune. Cette singulière petite figure sauta à bas de sa monture et se retourna comme pour chercher quelque chose ; au même instant l'écureuil franchissait lestement les grilles et venait se placer à côté du nain.

— Cela va bien, mon ami? demanda ce dernier d'un ton

protecteur. — Très bien, je vous remercie; seulement je suis un peu inquiet de la taupe que j'ai dû laisser dans la forêt assez souffrante; je crains bien qu'elle n'y soit encore. — Vraiment! vous le craignez! dit une voix rauque partant de terre; eh bien, rassurez-vous, car me voici, et si je n'avais pas dû m'arrêter quelques instants chez l'opticien, je serais arrivée avant vous.

C'était en effet la taupe qui prononçait ces paroles; elle avait passé sous les grilles du palais sans que personne s'en aperçût. — De quel opticien parlez-vous? demanda Passe-Partout surpris. — Eh! du mien, repartit fièrement la taupe; j'ai fait réparer mon monocle qui était cassé.

La taupe mentait, car elle n'avait jamais possédé de monocle de sa vie. Ses compagnons la regardèrent de plus près et découvrirent le petit morceau de verre qu'elle avait toutes les peines du monde à retenir dans son œil.

JAVOTTE, riant.

Quelles drôles de grimaces elle devait faire, grand'mère!

GRAND'MÈRE.

Si drôles que l'écureuil, qui était d'un caractère très gai, faillit mourir de rire en la regardant. Passe-Partout, conservant sa gravité, s'avança d'un pas majestueux vers le perron du palais où se trouvait un groupe de pages riant aux éclats de ces bizarres personnages.

— Je demande à parler au roi de Golconde de la part de mon maître, le prince Vif-Argent, dit-il. Les pages, stupéfaits de cette demande, ne savaient que répondre, mais le roi leur cria de son balcon : — Laissez entrer le seigneur nain.

Ce titre de seigneur réjouit le cœur de Passe-Partout et il

entra de fort belle humeur ; il s'inclina avec grâce devant le roi et la reine, puis, mettant un genou en terre devant la princesse : — Permettez-moi, Madame, de rendre hommage à ma future souveraine.

La princesse lui tendit la main qu'il baisa respectueusement, et il se releva avec beaucoup d'aisance. Le roi et la reine regardaient avec stupeur ce petit être extraordinaire ; enfin le roi, prenant la parole, lui dit :

— Seigneur nain, soyez le bienvenu : je vous attendais avec impatience, car je ne vous cacherai pas que je redoute fort de voir apparaître Fracassin venant enlever ma fille ; il me semble donc qu'il est urgent que vous partiez avec elle le plus tôt possible. Cependant, ajouta le roi qui s'aperçut que son discours n'était pas très hospitalier, cependant je tiens à ce que vous vous reposiez d'abord des fatigues de votre voyage, seigneur... Comment vous appelez-vous? fit le roi qui ne voulait pas toujours lui donner le nom de nain.

— Je m'appelle... Passe-Partout, fit le petit homme en hésitant et en rougissant un peu ; mais je quitterai bientôt ce nom ridicule pour en porter un plus noble, que m'a promis le roi mon maître. — Bien, bien, Passe-Partout me suffit pour le moment : mais vous avez des compagnons de route, je le sais, reprit le roi ; où sont-ils ? il faut me les présenter. — Ils sont dans la cour, dit le nain, attendant l'honneur d'être reçus par Vos Majestés et par la princesse. — Faites-les donc entrer, dit le roi à son page, qui s'acquitta aussitôt de la commission.

L'aigle vola sur le balcon, l'écureuil franchit en un clin d'œil l'escalier, mais la taupe demeura interdite devant les hautes marches de marbre blanc, sur lesquelles elle glissait sans pouvoir parvenir à les monter. Le roi, la reine et la princesse firent fort bon accueil à l'aigle et à l'écureuil qui protestèrent respectueusement de leur dévouement à leur future reine.

— Mais où est la taupe qu'on m'avait annoncée? demanda Tranquille. — Ah! c'est vrai, dit Passe-Partout, où est la taupe? — Elle est au bas de l'escalier, qu'elle ne peut pas monter, dit un des pages en retenant son envie de rire. — Eh bien, qu'on la porte, dit la princesse; prenez ce coussin et présentez-le-lui, elle montera ainsi fort commodément.

Le page obéit, et voyant que la princesse avait de si grands égards pour la taupe, il craignit d'être puni s'il se moquait d'elle; aussi lui présenta-t-il fort respectueusement le coussin, en lui disant que la princesse la priait de bien vouloir se rendre auprès d'elle. La taupe, qui commençait déjà à être de fort mauvaise humeur, se radoucit tout à coup, monta majestueusement sur le coussin, et portée par deux pages fit ainsi son entrée triomphale dans le salon. Rien ne peut peindre la surprise qu'excita chez ses augustes hôtes la vue de son monocle; ils dissimulèrent cependant leur étonnement et la reçurent fort poliment en la remerciant d'être venue pour chercher la princesse.

— Vous pouvez me remercier, en effet, dit la taupe, car j'ai fait le voyage le plus fatigant que l'on puisse imaginer; si je n'avais pas été aussi bonne écuyère que je le suis, ma monture m'aurait jeté cent fois à terre, dit-elle en lançant à l'écureuil un regard furieux qui fit tomber son monocle.

— Vous étiez donc à cheval, madame? reprit le roi dont la surprise croissait de minute en minute. — Oui, reprit la taupe, à cheval sur une bête féroce que je ne veux pas nommer, et, rajustant son monocle, elle lança de nouveau un regard terrible à l'écureuil.

La princesse proposa aux quatre compagnons d'aller se reposer, et après avoir donné les ordres nécessaires pour que chacun fût logé et nourri à son goût, la famille royale et ses hôtes se retirèrent. Laissons-les tranquilles maintenant jusqu'à demain.

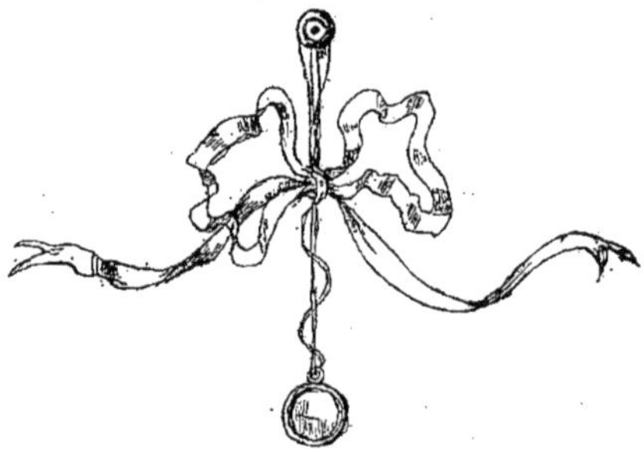

Le monocle de la taupe.

HUITIÈME VEILLÉE

GRAND'MÈRE.

Il faut enfin nous transporter dans cette terrible Forêt Enchantée dont nous avons si souvent entendu parler, sans connaître précisément quels dangers on y courait.

Elle était depuis des siècles la demeure de trois méchantes Fées qui se plaisaient uniquement à faire du mal. L'une d'elles, que nous connaissons déjà, la fée Diabolique, habitait d'immenses galeries taillées dans les rochers et dans lesquelles on entrait par une grotte fort belle, ornée de stalactites qui pendaient autour.

PIERRE.

Qu'est-ce que c'est, grand'mère, que des stalactites?

GRAND'MÈRE.

Ce sont d'épaisses lames de sel coagulé, qui brillent à la lumière comme des diamants.

La seconde Fée habitait le palais de Glaces, près duquel nous avons vu l'aigle et le nain s'arrêter, elle s'appelait la fée des Miroirs; enfin la troisième, qui se nommait la fée Sirène et qui était moitié femme et moitié poisson, vivait dans le grand lac où l'aigle noir avait pêché son brochet. Ces trois Fées n'avaient d'autre occupation que d'attirer chez elles les malheureux étrangers et de les empêcher d'en sortir par mille sortilèges, afin d'en faire leurs esclaves. Comme cette Forêt était située entre les deux royaumes de Golconde et de Djapour, dans un pays totalement inhabité, le nombre des voyageurs que pouvaient arrêter les trois méchantes Fées n'était pas considérable, surtout depuis que le bruit s'était répandu qu'une fois entré dans cette Forêt on n'en sortait jamais. Au moment où la princesse allait être forcée de la traverser, la fée Sirène vit arriver un beau matin ses deux sœurs.

— Nous venons vous apprendre une bonne nouvelle, ma chère sœur, lui dirent-elles; depuis longtemps déjà, nous ne récoltons qu'un maigre butin et nos prises sont de mince importance. Depuis quinze ans, qu'avons-nous attrapé? quelques misérables colporteurs égarés ou quelques bûcherons qui se sont aventurés trop loin dans la forêt; en vérité, cela n'en vaut guère la peine. — Cela est vrai, dit Sirène; nous n'avons rien pris qui vaille depuis... — Taisez-vous, ma sœur, reprit vivement la fée des Miroirs, ne prononcez point les noms que vous alliez dire. Il y a maintenant du nouveau, la Forêt a été traversée par un nain, un aigle, un écureuil et une taupe qui ont de fort mauvais desseins ! — C'est vrai, dit Sirène, l'aigle s'est même permis de pêcher dans mon lac un de mes plus beaux brochets que je comptais manger le lendemain à mon déjeuner. — Le nain s'est arrêté longtemps près de mon palais, continua la fée des Miroirs. — Et devant ma grotte, interrompit Diabolique, l'écureuil a cueilli des noix et jeté une vieille taupe par terre à moitié morte, à ce que m'a raconté un petit esclave qui allait chercher du bois pour mon grand feu. Mais je vous apporte une nouvelle plus intéressante que ça, continua Diabolique : la princesse Tranquille épouse le prince Vif-Argent, et, ne pouvant passer par le royaume du roi Fracassin, qu'elle a refusé et qui est furieux contre elle, elle n'a, pour arriver à Djapour d'autre chemin que celui de la Forêt Enchantée. Il est probable que la princesse sera suivie de nombreux équipages, de riches habits et d'un fort beau trousseau, cela renouvellera un peu notre garde-robe, ce qui sera fort heureux, car je ne puis vous cacher, mes sœurs, que nous sommes habillées comme des carêmes-prenants.

JAVOTTE.

Pardon, grand'mère, qu'est-ce que c'est que des carêmes-prenants ?

GRAND'MÈRE.

On appelait ainsi les personnes en habits de masques ridicules qui se promenaient pendant les jours gras. — Parlez pour vous, ma sœur, dit d'un ton piqué la fée des Miroirs, qui se croyait vêtue à la dernière mode ; je suis abonnée au meilleur journal de mode de Paris et chacun me fait compliment sur l'élégance et la richesse de mes habits. — Bah ! reprit Diabolique, ce sont vos flatteurs qui vous font croire

Les bonnes faiseuses apportent le trousseau de Tranquille.

cela; quant à moi, je vous déclare que vous êtes fort mal mise. — Qu'importe! dit la fée Sirène à laquelle la question des habits était fort indifférente, puisqu'elle ne portait jamais autre chose qu'une sorte de cuirasse en tissu élastique qui ne gênait point ses mouvements pour nager, n'allez-vous pas perdre votre temps à vous disputer sur ces misères? Venons au fait. — Eh bien, le fait est clair; la princesse Tranquille et sa suite vont traverser la Forêt Enchantée, il faut s'en emparer et leur faire subir le sort réservé à tous ceux qui ont l'audace de pénétrer dans nos États. — Mais il me semble, dit Sirène, qu'en recourant à nos enchantements ordinaires rien n'est plus facile que de mener à bien cette entreprise. — Ce n'est pas si facile que vous le croyez, ma sœur, car je pense que le maudit petit nain qui escorte la princesse est fort capable de déjouer nos plans: grâce à sa petite taille, il se fourre partout, et il en sait long, depuis plus de cent ans qu'il habite la Forêt. Je soupçonne même ce vilain petit personnage d'être un peu parent de quelque Fée ou de quelque enchanteur qui lui aura dévoilé une partie de nos secrets. Il faudrait donc, avant toute chose, s'emparer de lui; une fois cette bonne prise accomplie, rien ne sera plus aisé que de faire tomber Tranquille dans nos pièges. — Vous avez raison, ma sœur, dirent les deux autres Fées, qui reconnaissaient toujours Diabolique comme leur maîtresse en fait de méchancetés. Eh bien, comment faire pour s'emparer de cet avorton? — M'est avis, dit Diabolique, qu'il faut se servir de sa vanité pour l'attirer dans une embûche. Vous pourriez, dit-elle à la fée des Miroirs, envoyer sur son passage le géant qui garde la porte de votre palais; il provoquerait en duel ce moucheron qui, dans son orgueil, ne manquera pas d'accepter le défi; vous comprenez que le géant n'en fera qu'une bouchée, après l'avoir mis hors de combat, il vous l'apportera s'il n'est pas mort tout à fait et je me fie à vous pour le mettre hors d'état de nuire. — L'idée est bonne et voilà qui est fait, dirent les deux sœurs ; vraiment, Diabolique, il n'y a que vous pour trouver si vite un expédient! — C'est ce qu'on m'a toujours dit! répliqua Diabolique d'un air satisfait; eh bien, mes sœurs, nous voilà d'accord; allons maintenant préparer nos enchantements.

Les trois Fées se séparèrent très satisfaites, et chacune rentra dans sa demeure.

Pendant ce temps, le départ de la princesse Tranquille se préparait et eut lieu quelques jours après l'arrivée de Passe-Partout. Elle était accompagnée par une suite nombreuse et par de brillants équipages; désirant être agréable au prince Vif-Argent, elle fit monter Passe-Partout dans la voiture qui suivait la sienne et pria la taupe de bien vouloir s'installer à côté d'elle dans son propre carrosse; quant à l'écureuil et à l'aigle, ils préférèrent voyager de leur côté et on leur donna rendez-vous à l'entrée de la Forêt. Les adieux de la princesse et de ses parents furent très touchants, et le roi, tout pressé qu'il était de voir partir sa fille, ne put s'empêcher de verser des larmes. Outre le chagrin que lui causait cette séparation, il était extrêmement humilié de la façon dont la princesse allait faire son entrée à Djapour.

— En vérité, en vérité, répétait-il, je ne puis m'habituer à la pensée que la fille du puissant roi de Golconde entrera dans les États de ce petit Vif-Argent accompagnée d'un nain, d'un écureuil et d'une taupe. Passe encore pour l'aigle qui est un noble oiseau; je crois me souvenir aussi que l'écureuil faisait partie du blason de Fouquet, ce célèbre voleur, ministre de mon frère Louis XIV, mais qui diable a jamais entendu parler d'une taupe dans un blason?... Cette taupe lui tenait au cœur.

En arrivant à la lisière de la forêt, la princesse trouva l'aigle et l'écureuil qui l'avaient précédée. Elle embrassa les dames de la suite, salua gracieusement les seigneurs qui l'accompagnaient et tous retournèrent à Golconde, y compris Fortenguerre.

Sans témoigner le moindre effroi ni la moindre inquiétude, Tranquille demeura seule avec le nain, la taupe, l'aigle et l'écureuil. — Madame, fit le nain, en s'inclinant respectueusement devant la princesse, je dois vous avertir qu'il n'est pas possible d'entrer dans la forêt avec votre équipage, il faut vous résoudre à cheminer seule avec moi et à pied. — Très volontiers, dit la princesse, cela ne me coûtera guère, car je suis fort bonne marcheuse. — Je dois aussi prévenir Votre Altesse que sa nourriture sera frugale et se composera de noix et de mûres sauvages. — Soit, répondit-elle, je n'en mangerai que de meilleur appétit une fois arrivée chez le roi mon époux.

Passe-Partout qui, malgré sa vanité et son caractère intéressé, avait très bon cœur, fut touché de la simplicité et de la confiance de Tranquille.

— Madame, lui dit-il, vous faciliterez beaucoup notre voyage par votre tranquillité et votre courage; permettez-moi seulement une recommandation avant de vous mettre en route. Quelles que soient les choses séduisantes que vous pourrez voir ou entendre, n'y prêtez nulle attention et nulle foi, et suivez uniquement le sentier que je vous indiquerai, et dont j'ai seul le secret, car je ne doute pas, ajouta Passe-Partout en baissant la voix, que les méchantes Fées qui habitent la Forêt ne mettent tous leurs enchantements en œuvre pour s'emparer de vous. Quant à nous, mes amis, dit Passe-Partout à ses autres compagnons, nous allons nous partager la besogne : moi je guide la princesse; vous, bel aigle noir, serez chargé de planer au-dessus de la forêt et de voler à notre secours au premier cri de détresse; vous, gentil écureuil, partirez en avant comme éclaireur et reviendrez nous signaler la moindre chose extraordinaire que vous apercevrez; quant à vous, madame la taupe, je vous confie la plus délicate et la plus périlleuse des missions.

La taupe, flattée de ce début, releva fièrement la tête et, rajustant son monocle, répondit : — Je suis prête; de quoi s'agit-il? — Il faudrait tâcher de vous introduire, par une des galeries souterraines que vous connaissez si bien, dans les grottes de la fée Diabolique, et d'épier les sortilèges qu'elle prépare, car c'est la plus rusée de toutes, et je crois que nous parviendrons plus facilement à éviter ceux de ses sœurs.

La taupe, après avoir écouté le discours de Passe-Partout, dit : — Voilà qui est bien; je serai plus fine qu'elle, et vous avez raison de me confier ce poste important d'observation. Comptez sur moi, Madame, fit-elle en se tournant vers la princesse. Et apercevant, grâce à son monocle, un petit trou ouvert à peu de distance dans la terre, elle s'y enfonça résolument. L'écureuil partit en avant et l'aigle, après s'être incliné trois fois respectueusement devant la princesse, prit son vol et s'éleva au-dessus de la forêt.

A peine la princesse eut-elle fait quelques pas, que ses pieds s'embarrassèrent dans la belle robe à queue brodée d'argent que la reine sa mère avait à toute force voulu lui faire mettre.

— Je pensais bien, dit-elle, que cette robe serait fort

gênante, mais je n'ai pas voulu contrarier la reine ma mère; comment pourrai-je m'y prendre pour m'en débarrasser?

Passe-Partout avisa à quelque distance d'eux une jeune bûcheronne qui emportait du bois mort, ramassé sur la lisière de la forêt.

— Apercevez-vous cette paysanne, Madame? dit-il, il faudrait l'appeler ou plutôt aller à elle, car je ne veux pas qu'elle me voie; offrez-lui, si cela ne vous déplaît pas trop, d'échanger votre belle robe contre sa méchante jupe et son casaquin; elle n'aura pas de peine à y consentir et vous serez fort commodément accoutrée pour voyager.

La princesse fit ce que lui dit le nain, quoique un peu inquiète sur la propreté des vêtements de la paysanne, mais, surmontant sa répugnance, elle chemina comme elle put, s'accrochant à tous les buissons, et trébuchant presque à chaque pas; elle arriva jusqu'à la paysanne qui ouvrit de grands yeux en voyant tout à coup cette belle dame apparaître devant elle. A la grande joie de Tranquille, la jeune fille était très propre. — Veux-tu, lui dit-elle, échanger ta jupe et ton casaquin contre ma belle robe brodée d'argent? — Vous vous moquez de moi, madame, dit la jeune fille et cela n'est pas bien, car je ne suis qu'une pauvre fille, et vous savez que je n'oserais jamais mettre une si belle robe. — Tu ne la mettras pas si tu veux, mon enfant, mais tu pourras la vendre et en tirer beaucoup de sequins, reprit la princesse. — Pourquoi voulez-vous me faire un si beau cadeau? dit la paysanne en regardant Tranquille avec méfiance; je ne vous ai point rendu de service. — Cela est vrai, mais tu m'en rendras un en me donnant ton costume, car j'ai un long voyage à faire à pied et ma robe m'embarrasse beaucoup. — S'il en est ainsi, je le veux bien, dit la paysanne, et nous allons troquer.

JAVOTTE.

Je pense qu'elles ne vont pas se déshabiller comme ça au milieu d'un chemin, grand'mère ?

GRAND'MÈRE.

Non, rassure-toi. Elles entrèrent sous bois, et, cachées par d'épais buissons, elles échangèrent leurs robes. La paysanne resta en jupon court et en blanc corset, puis, pliant la belle robe, elle s'enfuit à toutes jambes, en l'emportant sur son bras.

La princesse, enchantée de son nouveau costume, rejoignit rapidement Passe-Partout et ils se mirent en devoir de pénétrer dans la Forêt, ce qui n'était point chose facile, car l'entrée en était obstruée par tant de ronces, d'épines et de broussailles, que Tranquille avait grand'peine à s'en dépêtrer. Quant à Passe-Partout, la petitesse de sa taille lui permettait de se glisser facilement n'importe où, comme l'indiquait son nom.

JAVOTTE.

Quel nom ?...

PIERRE.

Eh bien, son nom de Passe-Partout !

JAVOTTE.

Tiens ! c'est vrai.

PIERRE.

Tu n'avais pas encore compris? Eh bien, il te faut du temps à toi !...

GRAND-MÈRE, continuant.

Mais quand ils eurent marché pendant quelque temps, ils s'aperçurent d'un grand inconvénient auquel ils n'avaient

Tranquille échange sa robe avec la paysanne.

pas songé. Le nain faisait de si petits pas à cause de ses petites jambes qu'il lui était impossible de suivre la princesse qui, grande et agile, marchait fort vite; elle essaya vainement de ralentir son pas, le pauvre petit homme essoufflé, haletant, ne parvenait pas à la rattraper.

— Madame, lui dit-il, je ne puis continuer ainsi, car je serais mort d'épuisement avant la fin de la journée ; il faut prendre un parti et nous séparer momentanément; suivez le sentier qui commence à s'ouvrir devant vous, sans le quitter une minute, quoiqu'il fasse de grands détours, vous ne pouvez vous égarer, car l'écureuil cheminera dans les arbres à côté de vous, et en cas de danger, il grimpera lestement jusqu'à la cime d'un d'entre eux pour appeler au secours l'aigle noir qui plane sur la forêt; quant à moi, je vais prendre des raccourcis que je connais dès longtemps et qui abrégeront ma route de moitié ; nous nous rencontrerons à chaque carrefour où je sais que mon chemin croisera le vôtre.

JAVOTTE.

Mais pourquoi ne faisait-il pas suivre aussi à la princesse le chemin le plus court?

GRAND'MÈRE.

Tu le sauras dans un moment. Le nain ajouta : — Je vous le répète, Madame, quelque chose que vous voyiez ou que vous entendiez, faites comme si vous étiez sourde et aveugle, et ne vous écartez pas d'un pouce de votre chemin. La princesse promit au nain de suivre ponctuellement ses conseils et se mit en route, précédée de l'écureuil, auquel Passe-Partout avait dit quelques mots à l'oreille.

Elle marchait depuis près d'une demi-heure sans s'être

écartée une minute du sentier, lorsqu'elle entendit tout à coup une fanfare de chasse et vit apparaître dans une allée qui aboutissait à celle qu'elle suivait, une amazone, en costume vert, étincelant de broderies d'acier qui éblouissaient les yeux, l'amazone s'arrêta.

— Que fais-tu là, petite? s'écria-t-elle en s'adressant à la princesse, et qui t'a rendue si hardie que de pénétrer dans ma forêt?

Tranquille répondit simplement. — Je suis une pauvre bûcheronne, madame, et je viens couper du bois mort. — Tu n'en as pas coupé beaucoup jusqu'à présent, à ce qu'il paraît, puisque tu n'en as pas même une branche à la main. Mais peu importe, tu me plais, suis-moi et je te ferai couper plus de bois par mes serviteurs que tu ne pourras en emporter, je suis la reine de la forêt et mon palais est près d'ici. — Merci, madame, fit la princesse, mais je ne puis m'arrêter, car je dois traverser la forêt avant ce soir.

Et, parlant ainsi, la princesse suivit droit son chemin, comme le lui avait recommandé Passe-Partout. Elle s'attendait à être poursuivie par l'amazone, mais, à son grand étonnement, celle-ci s'arrêta court au bord du sentier, comme si un pouvoir invisible l'empêchait de le traverser. — A votre aise! lui cria-t-elle en tournant bride; à votre aise, belle Tranquille! Vous vous repentirez de n'avoir pas accepté ma protection.

Et elle piqua des deux en s'éloignant au galop.

L'écureuil avait écouté avec attention cette conversation, et quand la belle chasseresse se fut éloignée, il se rapprocha de Tranquille et lui dit tout bas : — Fort bien, Madame, vous venez d'échapper à la fée des Miroirs elle-même. — Cela n'était pas difficile, répondit la princesse, et si tous les pièges que me tendent les Fées sont aussi faciles à éviter que celui-là, nous arriverons bien aisément dans le royaume du roi, mon futur époux. — L'écureuil secoua la tête et ne répondit rien. — Mais pourquoi ne m'a-t-elle pas poursuivie? demanda Tranquille à son compagnon. — Parce que le sentier que vous suiviez, Madame, est interdit aux trois Fées qui se partagent la forêt; leur reine a voulu laisser cependant quelque chance de s'échapper, aux malheureux qu'elles poursuivent. — Quoi? ce sentier leur est interdit? Mais rien n'est plus simple de ne pas le quitter.

L'écureuil secoua de nouveau la tête et ils continuèrent à cheminer chacun de leur côté en silence.

Maintenant, mes enfants, en voilà assez pour ce soir, nous continuerons demain.

NEUVIÈME VEILLÉE

GRAND'MÈRE.

Après avoir marché encore quelque temps, Tranquille aperçut au bord du sentier des fleurs ravissantes et qui répandaient un parfum délicieux; elle en cueillit quelques-unes et prit plaisir à respirer leur bonne odeur; pendant ce temps, l'écureuil, avisant un fort beau cocotier, laissa la princesse aller en avant, et grimpa sur l'arbre pour essayer d'en détacher une noix afin de l'offrir à la voyageuse. A ce moment Tranquille remarqua une nouvelle fleur, plus belle que les autres, mais plus éloignée du sentier; sans réflexion elle avança un pied dans la mousse et se pencha pour la cueillir, soudain son pied glissa et elle tomba hors du sentier; elle fit un brusque effort pour se relever, mais se sentit retenue à terre par des liens invisibles.

— Ah! ah! présomptueuse princesse, dit une voix lointaine, vous voilà prise, il n'est donc pas si facile de ne point quitter le sentier; qu'en dites-vous?

Tranquille pensa aussitôt à sa clochette et parvint à glisser sa main dans sa poche pour la prendre; hélas! elle n'y était plus, elle l'avait oubliée dans la poche de sa belle robe brodée d'argent.

— C'est ma faute, dit-elle en soupirant, je suis cruellement punie de mon étourderie, comment m'échapper maintenant?

En y regardant de plus près, Tranquille s'aperçut que ce qui la retenait à la terre était un grand filet, qui s'était refermé sur elle; elle fit de grands efforts pour le rompre, mais cela lui fut impossible. Alors elle jeta un regard désespéré du côté de son ami l'écureuil, qu'elle n'osait pas appeler; mais il était toujours occupé sur son cocotier et ne se doutait pas du danger que courait la princesse.

JAVOTTE

Pourquoi n'osait-elle pas l'appeler?

GRAND'MÈRE.

Parce qu'elle craignait d'attirer sur lui l'attention des méchantes Fées et ne voulait pas qu'il fût victime de l'étourderie qu'elle avait commise, car Tranquille avait le cœur généreux. Pendant qu'elle faisait de vains efforts pour se débarrasser du filet, elle entendit le trot des chevaux, et la belle chasseresse en robe verte parut de nouveau suivie des piqueurs.

— Ah! ah! fit-elle, en riant aux éclats, vous voilà couchée

sur un lit de roses ! vous devez vous y trouver fort bien. Restez-y donc, je vais chercher mes sœurs qui seront charmées de vous rendre visite, nous vous retrouverons dans une heure, à moins cependant que quelques hôtes de la forêt, tigres ou autres, ne vous fassent un mauvais parti, car je vous préviens que ce sont de petits accidents assez fréquents... Et, sur ces bonnes paroles, la Fée partit.

La malheureuse princesse, immobile dans son filet, pensait avec effroi aux dernières paroles de la Fée, quand elle entendit un léger bruissement dans des feuilles sèches qui couvraient une partie de la mousse ; elle parvint à tourner un peu la tête du côté du bruit et elle distingua bientôt le corps d'un long serpent qui glissait lentement à travers les feuilles. L'affreuse bête n'était plus qu'à quelques pas et Tranquille, saisie d'horreur, jeta un cri si perçant que l'écureuil, sans quitter sa noix, qu'il avait cependant peine à porter dans ses pattes, dégringola rapidement du cocotier, et en quelques bonds fut près d'elle. Il ne lui fallut pas longtemps pour s'apercevoir du danger qu'elle courait et, sans hésiter une minute, il s'élança sur la branche la plus proche du serpent, puis, réunissant toutes ses forces, visant avec une justesse admirable la tête du reptile, il lança la noix qui la lui écrasa du coup. Voyant l'immobilité de la princesse et ne distinguant pas les mailles du filet, il crut qu'elle se trouvait mal.

— Reprenez vos sens, Madame, lui dit-il, le serpent est écrasé et vous ne courez plus aucun danger. — Hélas ! gentil écureuil, je suis prisonnière des Fées ; j'ai mis imprudemment un pied hors du sentier, voilà le résultat de ma faute ; je suis prise dans ce maudit filet sans pouvoir m'en dépêtrer. — Quoi ! c'est un filet qui vous empêche de vous relever, Madame ?

Tranquille prisonnière des Fées.

Et s'approchant, l'écureuil aperçut distinctement les mailles. Sans en dire plus long, le petit rongeur se mit à mordre à belles dents, avec une telle rapidité qu'il eut bientôt fait un trou assez grand pour permettre à la princesse d'y passer la tête, puis les bras, puis enfin le reste du corps. Elle ne fit qu'un saut jusqu'au sentier, et la joie qu'elle ressentit en se trouvant délivrée ne peut s'exprimer.

— Vous m'avez sauvé la vie, charmant écureuil, et je ne l'oublierai jamais, lui dit-elle. — Ne parlons pas de cela, Madame, répondit modestement l'écureuil et continuons vite notre route; surtout éloignons-nous du lieu où les Fées pourraient vous retrouver.

La princesse sentit la justesse de ce conseil et se remit en marche. Elle poursuivit tranquillement son chemin pendant une demi-heure puis, voyant un tronc d'arbre couché au travers du sentier près d'un carrefour, elle s'assit et se mit à attendre l'arrivée de Passe-Partout. L'écureuil lui cueillit des mûres et des noisettes, car elle n'avait rien pris depuis son départ de Golconde.

— Je trouve ces fruits excellents, dit-elle, il me semble que je n'ai jamais rien mangé d'aussi bon. — C'est que probablement il ne vous est jamais arrivé d'avoir aussi faim, Madame. — Cela est vrai ! vous voyez bien qu'à quelque chose malheur est bon, dit-elle en souriant.

Là-dessus, mes enfants, laissons-la se reposer et allez en faire autant.

DIXIÈME VEILLÉE

GRAND'MÈRE.

Après s'être séparé de la princesse, Passe-Partout suivait sa route d'un pas mesuré et ruminait en lui-même la façon dont il parviendrait à la tirer saine et sauve des griffes des méchantes Fées. Plongé dans sa rêverie, il en fut tiré tout à coup par un bruit sourd et lointain qu'il entendit d'abord d'une manière confuse, puis, à mesure que le bruit se rapprochait, il distingua très bien qu'il était causé par des pas fort lourds et mesurés. « Qu'est-ce que c'est que ça? pensa le nain, cela ne me dit rien de bon. » Au même moment il aperçut à quelques pas de lui un affreux géant dont la tête atteignait les hautes branches des arbres.

— Que fais-tu ici, misérable petite créature? s'écria le monstre, et qui t'a permis de traverser la forêt de la Fée ma maîtresse. Je te défends de faire un pas de plus, retourne d'où tu viens, si tu ne veux pas avoir affaire à moi.

Passe-Partout, irrité de cette apostrophe insolente, lui répondit de sa voix la plus aigre : — Je ne demande pas mieux que d'avoir affaire à toi, à ton orgueilleuse personne, et de te prouver que je ne te crains pas. — Bravo ! s'écria le géant avec un rire méprisant, je te provoque un combat singulier.

Le nain porta la main à son épée et se mit en garde.

PIERRE.

Mais il va le tuer du coup, grand'mère ! comment pourra-t-il se défendre, étant si petit?

GRAND'MÈRE.

Le géant dégaina sa lourde épée et se mit à frapper d'estoc et de taille ; mais le nain, avec une souplesse et une agilité extraordinaires, évitait tous ses coups et cherchait, avec sa petite épée, à lui piquer la jambe, car le géant n'avait pas de bas et marchait pieds nus. Mais il ne paraissait pas sentir le moins du monde les coups de Passe-Partout, qui ne faisaient que lui chatouiller la peau. Alors le nain jeta son épée, et, ouvrant rapidement son havresac, il en tira un petit objet qu'il planta résolument dans l'orteil gauche du géant ; c'était le dard de frêlon dont il avait eu soin de se munir ; cette fois le géant sentit la piqûre, et le venin s'étendant dans tout son pied, lui fit pousser un cri.

— Ah ! ah ! tu commences à sentir mes coups ! s'écria le courageux petit homme. Et, arrachant le dard de la plaie, il lui fit précipitamment trois ou quatre autres blessures. — C'en est trop ! s'écria le géant en jetant à son tour sa lourde épée ; il faut que je t'écrase tout simplement dans ma main !

Et, se baissant brusquement, il saisit Passe-Partout qui avait commis l'imprudence de grimper le long de sa jambe pour le mieux piquer, et il le serra si fort entre le pouce et l'index, qu'on entendit craquer les os du pauvre petit nain qui perdit connaissance.

JAVOTTE, *désolée.*

Oh! grand'mère, il n'y a donc plus que des malheurs, à présent!

PIERRE.

Mon Dieu, tais-toi donc!

GRAND'MÈRE.

Le géant, enchanté de son exploit, poussa un cri de triomphe, mais il avait eu à peine le temps de le jeter, qu'il en fit entendre un nouveau bien différent du premier.

Au moment où le combat allait commencer, l'aigle noir, apercevant la princesse cheminant sans le nain dans la forêt, voulut savoir ce qu'était devenu Passe-Partout. Il retourna en arrière et arriva sur le lieu du combat au moment même où le géant était en train d'étouffer le pauvre petit homme. L'aigle noir, sans perdre un instant, se précipita sur le monstre et lui creva les deux yeux, avec son terrible bec. La douleur affreuse qu'éprouva le géant lui fit lâcher sa proie, et notre ami Passe-Partout retomba sur ses jambes d'une grande hauteur, sa chute lui fit reprendre connaissance.

Que s'est-il donc passé? dit-il, n'ayant pas encore bien retrouvé ses esprits. — J'ai crevé les yeux du géant, reprit simplement l'aigle noir, au moment où il allait vous étouffer tout à fait; mais expliquez-moi ce qu'est devenue la princesse.

Duel de Passe-Partout et du géant.

PIERRE.

Il était bien modeste, cet aigle, grand'mère, en ne parlant presque pas du service qu'il venait de rendre à Passe-Partout.

GRAND'MÈRE.

Les caractères nobles et courageux le sont presque toujours, mon cher enfant. Passe-Partout, qui avait perdu une partie de sa présomption après cette mésaventure, remercia l'aigle de tout son cœur; puis il lui avoua qu'il était fort meurtri de sa chute et aurait grand'peine à rejoindre la princesse.

— Remontez sur mon dos, reprit l'aigle, je vous porterai jusqu'à elle, cela n'est pas difficile.

Passe-Partout ne se fit pas prier, et ils rejoignirent ainsi Tranquille et l'écureuil. Ils se racontèrent mutuellement en peu de mots les événements qui venaient de se passer, et ils convinrent de se hâter, car la journée était déjà fort avancée et ils redoutaient fort de voir la nuit tomber. Mais une grave question se présentait : le nain, moulu de sa chute, était incapable de continuer la route à pied; lui seul connaissait assez le chemin pour guider la princesse une fois la nuit tombée. Comment faire pour éviter la grotte de la fée Diabolique, devant laquelle on ne pouvait s'empêcher de passer?

— Ah! voilà le moment où la taupe pourrait nous être fort utile, dit le nain; où la retrouver? J'ai complètement oublié de lui donner rendez-vous, cependant elle ne doit pas être loin de la grotte de la fée Diabolique, et nous n'en sommes pas nous-mêmes à une grande distance. Espérons que nous rejoindrons bientôt la taupe; je vais essayer de me traîner jusque-là.

— Il y a un moyen de vous venir en aide, seigneur Passe-Partout, dit la princesse, permettez-moi de vous porter sur mon bras ; il n'y a pas si longtemps que je portais ainsi ma poupée et vous n'êtes guère plus pesant qu'elle.

Le nain fut profondément mortifié d'être comparé à une poupée, mais sa dernière aventure avait abattu son orgueil et il ne témoigna rien de son humiliation.

— Si ce n'est pas une trop grande fatigue pour vous, Madame, j'accepte, dit-il, car c'est la seule façon de pas vous abandonner.

Sans en dire davantage, Tranquille enleva le petit homme comme une plume, l'assit sur son bras et se mit en route comme si elle n'avait rien porté du tout.

JAVOTTE, riant aux éclats.

Oh! grand'mère, cela m'amuse beaucoup!

GRAND'MÈRE.

Tant mieux! ma mignonne. Il faut maintenant retourner un peu en arrière pour savoir ce que devenaient les trois méchantes Fées. Averties par leur sœur de la mésaventure de Tranquille, Diabolique et la fée des Miroirs se hâtèrent de se rendre jusqu'à l'endroit où elle avait laissé Tranquille bien emmaillotée dans son filet. Quelle fut leur colère en ne la retrouvant pas!

— Eh bien! quelle sornette venez-vous nous conter? dit Diabolique à sa sœur. Où est-elle, votre princesse? La fée des Miroirs, stupéfaite, ne pouvait en croire ses yeux ; elle se baissa et, regardant le filet : — Il a été rongé, dit-elle, je ne sais par quelle bête, car Tranquille en était trop bien enveloppée pour avoir pu le rompre.

Au même instant, on entendit un bruit de branches cassées, mêlé à de sourds gémissements, c'était le géant qui, n'y voyant goutte, et souffrant cruellement de ses yeux arrachés, errait au hasard sans parvenir à retrouver le palais de la fée des Miroirs.

JAVOTTE.

Grand'mère, j'en ai pitié de ce pauvre géant, à présent qu'il n'a plus d'yeux.

PIERRE.

Eh bien! par exemple, tu aurais mieux aimé qu'il étouffât Passe-Partout?...

JAVOTTE.

Oh! non, mais je le trouve trop malheureux.

PIERRE.

Eh bien, tant pis! pourquoi était-t-il si méchant?

GRAND'MÈRE.

La fée des Miroirs appela le géant, qui reconnut sa voix et se dirigea de leur côté en hurlant toujours. Elle s'aperçut aussitôt qu'il avait les yeux crevés. Elle les toucha de sa baguette et lui dit : — Je ne peux te rendre la vue, mais je puis au moins calmer tes souffrances. Mais apprends-nous ce qui vient de se passer.

Le géant, un peu soulagé, instruisit les Fées de la terrible issue de son duel avec Passe-Partout en ajoutant : — Je suis bien récompensé de vous avoir obéi en provoquant ce maudit nain, me voilà aveugle pour le reste de mes jours.

La Fée lui tourna le dos sans lui répondre et dit à ses sœurs : — Nous avons affaire à forte partie, et il s'agit de nous hâter, car si nous laissons la princesse traverser la Forêt, c'est une proie à jamais perdue ponr nous; elle doit être déjà bien près de notre grotte, ma sœur. — Tout est prêt pour l'y recevoir, fit Diabolique avec un méchant sourire. Je vous quitte.

Et, enfourchant son manche à balai qu'elle avait à la main en manière de canne, elle fut transportée en un instant dans sa fameuse grotte. La princesse, portant son nain et cheminant le plus vite possible, espérait avoir encore quelques heures devant elle avant la nuit, mais, à son grand étonnement, le ciel s'assombrit tout à coup, et bientôt elle ne distingua plus le sentier qu'il fallait suivre. Passe-Partout, effrayé de cette obscurité subite, dit : — Ou je me trompe fort, ou nous sommes victimes d'un tour de cette infernale Diabolique, car nous devons être déjà sur ses terres; je ne sais, en vérité, comment nous allons faire pour nous diriger...

La princesse ne répondit pas, mais, malgré son sang-froid habituel, elle était fort inquiète; elle fit encore quelques pas, puis elle s'arrêta court en disant :

— Il m'est impossible d'aller plus loin, car je n'y vois plus.

Passe-Partout n'y voyait pas davantage, et ils demeurèrent quelques instants dans une cruelle perplexité en cherchant à s'orienter. Cependant le nain, que la princesse avait posé à terre, crut apercevoir une faible lueur devant lui.

— Il me semble, dit-il, que je vois un feu follet; j'en ai souvent aperçu dans une partie de la forêt qui est assez marécageuse. Ce côté-là nous ferait éviter précisément la grotte de Diabolique; essayons de nous diriger à tâtons vers l'endroit où j'aperçois cette lueur. — Je l'aperçois aussi, maintenant, dit la princesse. Et marchant avec beaucoup de précaution, pour ne pas se heurter contre les arbres et pour ne pas quitter le précieux sentier, ils parvinrent à s'approcher du feu; un second et un troisième se mirent à briller devant eux et le nain rassuré dit : — Je ne me trompais pas, ce sont les feux follets des marais.

Au même instant les lueurs fantastiques brillèrent à la fois de tous les côtés, paraissant et disparaissant tour à tour, de telle façon qu'il leur fut impossible de se guider d'après leur direction. La princesse, éblouie par toutes les lumières qui voltigeaient autour d'elle et prise d'une sorte de vertige, étendit les bras pour s'appuyer contre un arbre. Mais, au lieu d'un arbre, ses deux mains recontrèrent la paroi d'un rocher ; elle tâtonna quelques instants, et soudain la paroi céda sous sa main, une grande porte s'ouvrit brusquement et laissa voir l'intérieur d'une grotte tout illuminée, au milieu de laquelle brûlait un grand feu; au fond de la grotte régnaient des arcades en forme de portiques. La princesse se sentit poussée en avant par une main invisible, et la porte se referma avec fracas derrière elle.

— Comment, Madame, dit une voix moqueuse qui n'était autre que celle de la fée Diabolique, vous me faites l'honneur de venir en personne me rendre visite ? En vérité, c'est fort poli de votre part, et je veux vous recevoir d'une façon digne de votre rang. Mais où sont vos dames d'honneur et toute votre suite ? — Je n'en ai pas, madame, répondit la princesse parvenant à cacher l'effroi qu'elle ressentait. — Comment, vous n'emportez donc avec vous ni vos bijoux ni votre trousseau? fit la Fée en colère, ou plutôt, vous les avez cachés quelque part pour les mettre hors de mon pouvoir... Mais je saurai bien vous forcer à me le dire. Vous devez avoir eu froid dans la Forêt, on va vous réchauffer.

JAVOTTE.

Oh! mon Dieu, qu'est-ce qu'on va lui faire?

GRAND'MÈRE.

La Fée, en prononçant ces paroles, fit signe à deux esclaves noirs qui étaient derrière elle de s'emparer de la princesse.

— Mettez-lui les pieds dans le feu! leur dit-elle, cela lui déliera la langue.

Les nègres s'avancèrent pour exécuter l'ordre cruel de la Fée. Tranquille, qui avait vu les portiques dans le fond de la grotte, se mit à courir de ce côté-là avec une agilité dont elle ne se serait pas cru capable, mais la peur doublait ses forces. Le portique donnait dans une galerie sombre, elle s'y élança poursuivie par les deux nègres.

— Oh! tu peux courir, dit la Fée, tu ne retarderas que de quelques minutes ton supplice!

En effet, au bout d'un instant, on vit reparaître la malheureuse princesse, pâle, haletante, courant toujours. La galerie dans laquelle elle s'était jetée tournait autour de la grotte et y ramenait après avoir fait un assez long circuit. Tranquille, affolée, en se retrouvant à l'endroit où s'apprêtait son supplice, s'élança vers un autre portique. Les nègres allaient la saisir quand Diabolique, que cette chasse amusait, leur dit:

— Laissez-la donc courir encore, cela me divertit!

Mais la princesse, à bout de forces, au moment de pénétrer dans une autre galerie, tomba lourdement par terre et le sol s'enfonçant sous elle, elle disparut à tous les yeux.

La stupéfaction de Diabolique fut telle qu'elle demeura quelques instants sans pouvoir proférer une parole. Dès qu'elle fut remise de sa surprise et de sa rage, elle courut à l'endroit où venait de disparaître la princesse, et vit un éboulement de terre suivi de nombreux petits monticules qui se prolongeaient sur un espace assez long de la galerie.

— Je comprends, fit Diabolique, la terre est minée en cet endroit, et le seul poids de Tranquille a suffi pour la faire enfoncer. Mais elle est tombée dans le souterrain, et si cette misérable princesse se croit sauvée, elle est dans une grande erreur; je vais sans tarder avertir ma sœur Sirène de ce qui se passe.

PIERRE.

Comment cette terre se trouvait-elle minée tout exprès?

GRAND'MÈRE, souriant.

Tâche de deviner cela cette nuit, car pour ce soir en voilà assez; nous continuerons demain.

JAVOTTE.

Grand-mère, je voudrais seulement savoir si Tranquille s'est fait mal en tombant.

GRAND'MÈRE.

Non, pas grand'mal.

JAVOTTE.

Ah ! tant mieux !

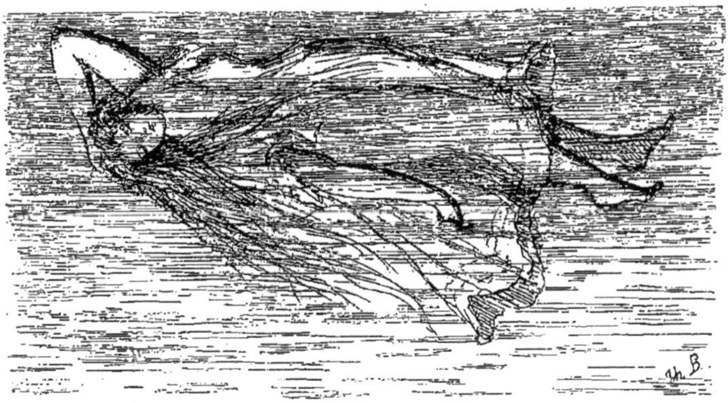

ONZIÈME VEILLÉE

JAVOTTE.

Grand'mère, je vous en prie, dites-nous vite ce que devient la princesse, nous ne pensons qu'à ça depuis hier.

GRAND'MÈRE.

Il faut d'abord nous occuper de Passe-Partout.

JAVOTTE.

Mais pourquoi faut-il toujours s'occuper de quelqu'un d'autre que celui qu'on voudrait?

GRAND'MÈRE, souriant.

C'est la faute de l'auteur du conte.

JAVOTTE.

Il est bien ennuyeux, l'auteur!

GRAND'MÈRE.

Passe-Partout, après avoir vu la malheureuse porte de la grotte se refermer, se douta bien qu'elle finirait par s'ouvrir de nouveau, et il resta immobile, caché par un buisson. En effet, au bout d'un temps qui lui parut fort long, il vit sortir Diabolique vêtue de sa grande robe à queue couleur de feu.

— Vite, mon manche à balai! criait-elle comme une possédée; il faut que j'arrive promptement chez Sirène.

Ses serviteurs apportèrent le manche à balai, qu'elle enfourcha rapidement. La queue de sa grande robe, longue de six aunes, traînait fort loin et frôla Passe-Partout en passant. Le nain, espérant avoir des nouvelles de la princesse dont il ignorait le sort, sauta sur la robe de la Fée, et, caché dans les plis, il s'y cramponna et fut facilement entraîné avec elle.

Cependant Diabolique avait senti une légère secousse :

— Vole donc plus haut, dit-elle à son manche à balai, ne vois-tu pas que ma queue s'accroche à tous les buissons!

Le manche à balai obéit docilement et s'éleva dans les airs.

Ils arrivèrent ainsi facilement chez Sirène, dont le lac était situé à l'extrémité de la Forêt.

JAVOTTE.

Il était courageux, ce petit nain; mais, grand'mère, va-t-on bientôt parler de Tranquille ?

GRAND'MÈRE.

Nous y voilà. La malheureuse princesse était en effet brusquement tombée dans un vaste souterrain; bouleversée par tant d'émotions successives et très ébranlée par sa chute, elle ne pouvait deviner par quel miracle elle avait échappé à la féroce Diabolique, quand elle entendit auprès d'elle une voix rauque lui disant :

— Comment, princesse, vous ne reconnaissez pas votre amie la taupe? Je m'étais bien doutée que Diabolique parviendrait à vous attirer dans sa grotte, et, à tout hasard, j'ai travaillé à en miner une galerie pour vous fournir un moyen d'évasion; dans ce but j'ai enrôlé les taupes que j'ai rencontrées en en route et qui ont dû m'obéir, car je suis leur doyenne. Je comptais vous avertir, mais Diabolique ne m'en a pas laissé le temps ; heureusement le hasard a précisément dirigé vos pas vers cette galerie. Vous voyez, Madame, que l'expérience des vieilles radoteuses sert à quelque chose!... Mais vous n'avez pas l'air d'entendre ce que je vous dis, et vous n'admirez même pas la rapidité avec laquelle nous avons exécuté ce merveilleux travail : faut-il donc toujours s'attendre à l'ingratitude quand on a affaire à la race humaine !...

La princesse écoutait machinalement et sans le bien comprendre le discours de la taupe, car elle était brisée de sa chute et si émue de tout ce qui venait de lui arriver, qu'elle ne pouvait retrouver la parole. Enfin, reprenant un peu de sang-froid, elle remercia la taupe, et lui témoigna tant de reconnaissance que celle-ci s'adoucit beaucoup, d'autant plus qu'au fond elle aimait la princesse et était touchée de son sort. Allons, lui dit-elle, reprenez courage, Madame, et faites un dernier effort, il s'agit maintenant de suivre ce souterrain qui aboutit au lac de Sirène, qu'il faut traverser pour arriver à la lisière de la forêt ; c'est le dernier obstacle qu'il vous reste à franchir, rassemblez vos forces, princesse, et ne vous laissez pas décourager ; je suis forcée de vous quitter pour rejoindre nos compagnons en passant par un de mes petits chemins sous terre, sans cela je n'arriverais pas à temps pour tâcher de vous envoyer du secours. — Mais, madame la taupe, dit Tranquille, je n'y vois pas clair dans l'endroit où nous sommes et je suis incapable de me diriger dans cette obscurité. — Comment! s'écria la taupe, vous n'y voyez pas clair, vous une jeune personne, tandis que moi, à mon âge, j'y vois comme en plein jour? En vérité, cela me fait de la peine, et si je ne venais pas de perdre mon monocle en accourant près de vous, je vous le prêterais; mais puisqu'il en est ainsi, dit la taupe, rayonnante de joie de sa supériorité, je vais vous accompagner jusqu'à l'endroit où il y a des soupiraux : peut-être alors y verrez-vous plus clair.

Et elles cheminèrent en effet côte à côte, la taupe parlant et grognant sans interruption selon sa coutume le son de sa voix permettait à la princesse de la suivre, lorsqu'une faible lumière pénétra dans le souterrain.

— Allons! fit la taupe avec autorité, je pense que vous y voyez clair maintenant; je vous quitte, car vous m'avez fait perdre beaucoup de temps.

Et elle s'enfonça fièrement sous terre.

La princesse continua sa route, en proie aux plus tristes réflexions : « Quoi! se disait-elle, il y a encore un obstacle à franchir? Ah! je n'en aurai jamais la force, et, d'ailleurs, qui pourra m'aider maintenant? je suis séparée de tous mes amis, ma marraine m'a abandonnée ou ignore le danger dans lequel je suis par ma faute et mon étourderie. »

Elle marcha ainsi longtemps et aperçut enfin les rayons du jour qui lui annonçaient l'approche d'une issue. En effet, au bout de quelques pas, elle vit un escalier grossièrement taillé dans le roc, et, l'ayant monté, elle se trouva en face d'un beau lac bleu, dont les eaux tranquilles n'étaient pas ridées par un souffle de vent, et l'on n'apercevait pas une âme sur ses bords. Aucune route ne s'ouvrait ni à droite, ni à gauche ; il fallait à tout prix traverser le lac si l'on voulait pénétrer plus avant. La princesse, épuisée de faim, de froid et de fatigue, se laissa tomber plutôt qu'elle ne s'assit, et, cachant sa tête dans ses mains, se mit à pleurer amèrement.

— J'ai trop présumé de mes forces, dit-elle, je ne puis pas résister plus longtemps ; je meurs de faim et de froid, comment pourrai-je traverser ce lac? Ah ! moi qui défiais toutes mes compagnes à la nage, à peine aurai-je fait quelques brasses que je me laisserai couler à fond.

Le soleil se levait à ce moment-là. « Voilà bientôt vingt-quatre heures que j'ai quitté Golconde et mes chers parents que je ne reverrai jamais, » pensa-t-elle, et elle se remit à pleurer encore plus fort !

JAVOTTE, pleurant aussi.

Oh ! grand'mère, si elle va se noyer, j'aime mieux m'en aller, pour ne pas entendre ça.

GRAND'MÈRE.

Voyons, Javotte, ne sois pas si poltronne. Tranquille fut plus courageuse que toi, car, après avoir sangloté quelques instants, elle releva la tête :

— Eh bien ! fit-elle, il ne sera pas dit que j'aurai renoncé à lutter jusqu'à la fin ! Et, se débarrassant vivement de sa jupe et de son casaquin, gardant seulement sa chemise et un petit jupon court, elle se jeta résolument dans le lac.

La fraîcheur de l'eau lui rendit un peu de forces et elle nagea assez bien pendant quelques instants. Mais ce bien-être passager ne dura pas, ses jambes et ses bras se raidirent, elle se sentit enfoncer. Enfin elle disparut et ses longs cheveux blonds seuls surnagèrent.

JAVOTTE, avec effroi.

Elle est morte, cette fois, j'en suis sûre !

GRAND'MÈRE, sans répondre.

En ce moment on vit apparaître la troupe des Sirènes qui sortaient leurs têtes de l'eau ; la fée Sirène nagea jusqu'à Tranquille, et, saisissant ses longs cheveux, elle l'entraîna derrière elle, en criant à Diabolique, qui arrivait sur la rive : — Cette fois je la tiens, et, morte ou vive, je ne la lâcherai pas !...

Voyons maintenant ce qu'est devenue la petite paysanne qui avait échangé son casaquin contre la belle robe brodée d'argent.

JAVOTTE, suppliante.

Oh ! grand'mère, vous n'allez pas laisser mourir Tranquille pour parler de cette bête de petite paysanne !

GRAND'MÈRE.

Tu comprends, Javotte, qu'il faut conter les histoires comme elles sont écrites.

JAVOTTE, avec un gros soupir.

C'est bien malheureux, grand'mère !

GRAND'MÈRE, souriant.

Allons, un peu de patience ! tu en seras récompensée.

La petite paysanne partit dès le grand matin pour la ville voisine, afin de vendre le plus cher possible la robe de la princesse. Un marchand lui en offrit cinquante sequins, quoiqu'elle en valût plus de cinq cents ; la jeune fille fut enchantée du marché, et l'accepta ; le marchand, après avoir déplié la robe, l'examina dans tous les sens et la secoua pour en ôter la poussière. Un étui tomba de la poche, il le ramassa, l'ouvrit et en sortit la petite clochette d'argent. « Voilà, pensa-t-il, quelque chose qui va amuser ma petite fille », et il appela l'enfant pour la lui donner. Enchantée de ce nouveau jouet, elle se mit à secouer la clochette de toute la force de sa petite main.

A ce moment-là, la fée Gentille était tranquillement occupée à déjeuner dans son palais. Elle cessa tout à coup de manger, et, prêtant l'oreille, elle dit à une des dames de sa suite : — N'entendez-vous pas un son extraordinaire? — Oui, madame, j'entends quelque chose qui ressemble au son du cor. — C'est la clochette de ma filleule, j'en suis sûre ! s'écria la Fée très émue; il lui arrive malheur, justement je n'ai pu consulter mon grimoire pendant le voyage que je viens de faire. Vite qu'on me l'apporte, car j'ignore où elle est à ce moment. Pourvu qu'elle n'ait pas déjà entrepris de traverser la Forêt Enchantée !

Gentille lut avidement son précieux livre, et, bouleversée de ce qu'il lui apprit, elle hésita quelques minutes sur le parti à prendre.

— Non, dit-elle enfin, je ne suis pas de force à lutter contre les trois Fées de la Forêt, mieux vaut aller à l'instant chez notre reine dont le palais touche le mien ; elle m'accordera son secours, j'en suis certaine, pourvu que j'arrive à temps.

Et elle partit sans perdre une minute. La reine, qui l'aimait beaucoup, écouta avec intérêt son récit.

— Je ne demande pas mieux que de délivrer votre filleule, dit-elle, mais il y a beaucoup de temps de perdu, et telle que je connais Diabolique, je crains qu'il ne soit trop tard, aussi faisons diligence et prenez place dans mon char.

Les deux Fées, emportées comme l'éclair par les chevaux volants de la reine, arrivèrent au lac à l'instant où Sirène entraînait la malheureuse princesse inanimée.

— C'en est assez ! cria d'une voix tonnante la reine des Fées ; il est temps que ces trois démons soient punis comme ils le méritent. Et frappant violemment Sirène de sa baguette :

— Deviens poisson, lui dit-elle, et reste dans ton lac pour y être mangée par tes brochets ! Puis, s'élançant vers Diabolique : — Et toi, prends la forme de ton manche à balai pour servir de monture au diable qui t'en fera voir de grises ! Puis, apercevant la fée des Miroirs qui accourait pour être témoin du triomphe de Sirène, elle lui cria : — Deviens miroir à ton tour, tu ne dureras pas longtemps je te le prédis !

La reine n'avait pas fini de parler, que Sirène, devenue poisson, disparaissait dans le lac ; que Diabolique, devenue bâton, était emportée par un petit diablotin pour le service de son maître, et que la fée des Miroirs se trouvait soudain accrochée dans le boudoir d'une vieille coquette qui la cassa d'un coup de poing en voyant qu'elle n'était pas plus jolie dans cette glace-là que dans les autres.

JAVOTTE.

C'est joliment bien fait, tout ça, mais Tranquille, que devient-elle, grand'mère ?

GRAND'MÈRE.

Gentille s'était emparée de sa filleule et s'efforçait de la ranimer, mais sans y parvenir. La reine, ayant terminé sa besogne, s'approcha à son tour de la princesse, et, lui touchant légèrement le front du bout de sa baguette, la rendit à la vie. Tranquille ouvrit ses beaux yeux et regarda autour d'elle sans comprendre où elle était, mais, se sentant presser tendrement dans les bras de sa marraine, elle poussa un long soupir et referma les yeux en disant :

— Ah ! si je rêve, ne m'éveillez pas !

JAVOTTE, respirant de toutes ses forces.

Oh ! que je suis contente ! je la croyais tout à fait morte. Mais, grand'mère, elle devait être toute mouillée et en chemise en sortant de ce lac?

GRAND'MÈRE.

Oui, aussi sa marraine l'enveloppa-t-elle bien dans son propre manteau pour la sécher, et puis la reine des Fées, qui pensait à tout, s'écria :

— Robe brodée d'argent, viens à nous promptement!

Et la robe brodée d'argent, entraînée par une force invisible, sauta hors de la boutique du marchand et, cinq minutes après, vint tomber aux pieds de la reine. Gentille, après avoir tressé les beaux cheveux blonds de sa filleule, lui passa sa robe, et...

JAVOTTE.

Pardon, grand'mère, a-t-on laissé la clochette à la petite fille ?

GRAND'MÈRE.

Oui, le marchand ayant payé cinquante sequins, il était juste qu'il lui restât quelque chose. Après avoir ainsi remis en bon état la pauvre Tranquille, encore toute tremblante et l'avoir bien rassurée par ses caresses, Gentille lui demanda pourquoi elle ne l'avait pas appelée plus tôt.

— Mais je ne vous ai pas appelée du tout, ma marraine, et je ne comprends pas comment vous êtes arrivée si à propos.

La reine des Fées expliqua ce qui s'était passé, puis elle ajouta : — Je vous quitte, car j'ai encore quelque chose à faire pour vous; n'avez-vous plus rien à me demander? — Oh! madame, s'écria Tranquille, si vous vouliez mettre le comble à vos bontés, je vous demanderais d'accorder une récompense au nain Passe-Partout, qui m'a montré un si grand dévouement. — J'y consens, dit la fée, où est-il? — Me voici, madame, fit la petite voix aigrelette du nain, qui était resté caché dans les plis de la robe de Diabolique, tombée à terre quand la fée devint bâton.

Il s'en dépêtra comme il put, et vint s'incliner devant la reine.

— Tu as montré, lui dit-elle, du courage, de l'adresse et du dévouement, trois qualités que ne possèdent pas tous les hommes; de plus, tu es vaniteux, défaut qu'ils possèdent presque tous, donc tu es digne de prendre place parmi eux.

Et, le touchant de sa baguette, on le vit croître insensiblement et atteindre bientôt la stature d'un homme ordinaire. Sa joie fut telle qu'il ne put que balbutier ses remerciements.

— N'en dis pas plus long, interrompit la reine en souriant; je lis la reconnaissance au fond de ton cœur, et cela me suffit. Là-dessus, la reine monta dans son char et partit.

La princesse demanda à sa marraine la permission d'aller rejoindre au plus vite ses compagnons de voyage à la lisière de la forêt; la Fée y consentit et annonça sa visite pour le lendemain.

L'écureuil, l'aigle et la taupe attendaient avec la plus vive anxiété Passe-Partout et la princesse.

Je vous laisse à penser leur joie lorsqu'ils virent Tranquille saine et sauve accompagnée d'un beau jeune homme. Mais, après l'avoir complimentée, ils demandèrent avec une certaine inquiétude ce qu'était devenu Passe-Partout.

— Je crois, dit le jeune homme en riant, que vous ne le reverrez jamais. — Il n'y a pas là de quoi rire, dit la vieille taupe indignée, voilà bien la jeunesse qui se moque de tout.

Le jeune homme rit encore plus fort, et la taupe allait se fâcher tout à fait, quand la princesse dit : — Mes amis, le jeune homme que vous voyez n'est autre que le seigneur Passe-Partout lui-même, que la reine des Fées a ainsi métamorphosé en reconnaissance des services qu'il m'a rendus.

L'étonnement des trois animaux fut à son comble, mais il n'eut pas le temps de se manifester, car un roulement de carrosses, un piétinement de chevaux se firent entendre et une file nombreuse de voitures apparut dans la plaine. En tête, un beau cavalier monté sur un cheval pie arrivait au galop ; il s'arrêta court devant la princesse, sauta à bas de son cheval, mit un genou en terre, et, baisant respectueusement la main de Tranquille : — Je suis votre époux, Madame, dit-il, et ma vie entière, consacrée à votre bonheur, suffira à peine pour vous prouver ma reconnaissance et mon amour.

JAVOTTE.

C'était Vif-Argent, grand'mère?

PIERRE.

Bien sûr, laisse donc finir.

GRAND'MÈRE.

La princesse eut une fort agréable surprise en trouvant

Vif-Argent reçoit sa fiancée au sortir de la Forêt Enchantée.

Vif-Argent aussi beau garçon, et elle répondit à son compliment avec infiniment de grâce.

— Que de courage vous avez déployé, Madame, lui dit le prince. Mon gouverneur, le sage Phanor, m'a tout appris et j'accourais à votre secours malgré sa défense, mais je vois que vous n'aviez plus besoin de moi. — Sire, dit la princesse, c'est grâce à votre escorte et à ma marraine que j'ai été délivrée des enchantements des méchantes Fées, je n'ai aucun mérite à leur avoir échappé. — Vous êtes trop modeste, Madame, mais croyez que je récompenserai généreusement ceux qui vous ont si bien servi. Comte de la Forêt, dit-il à Passe-Partout, donnez la main à la princesse pour monter en carrosse.

Passe-Partout rougit de plaisir en s'entendant appeler ainsi, car la reine des Fées ne s'était pas trompée en disant que la vanité était son péché mignon.

Puis le prince se tournant vers la taupe lui dit : — Madame, l'ordre est donné dans mes États de protéger les taupes et d'abolir les taupiers ; c'est vous dire que mon royaume vous appartient et... — Pendant que vous y étiez, interrompit la taupe avec une certaine aigreur, il me semble que vous auriez pu faire pendre ces assassins de taupiers. — C'eût été peut-être une mesure un peu radicale, dit le prince. Veuillez prendre place dans ce carrosse qui vous conduira chez vous, et permettez-moi d'ajouter que vous serez toujours la bienvenue à ma cour, quand vous ne saurez que faire de vos soirées.

La taupe, enchantée de l'invitation du roi, grimpa dans le carrosse et partit.

— Charmant écureuil, dit Vif-Argent, votre fiancée vous attend avec impatience ; vivez heureux avec elle dans les bois qui vous sont destinés; jamais votre repos n'y sera troublé par un coup de fusil, et de beaux arbres fruitiers y pourvoiront à votre subsistance.

L'écureuil, après les plus vifs remerciements, bondit rapidement pour rejoindre au plus vite celle qu'il aimait.

PIERRE.

Mais l'aigle, grand'mère, est-ce qu'on va l'oublier ?

GRAND'MÈRE.

Sois sans crainte, il ne perdra rien pour attendre.

Le prince, se tournant vers lui, lui dit : — En vérité, bel aigle, je ne sais quelle récompense vous offrir ; vous êtes le roi des oiseaux et de la forêt ; l'espace vous appartient, rien n'échappe à vos yeux perçants, quels souhaits formez-vous? Je serais au désespoir de ne pas vous témoigner ma reconnaissance. — Eh bien, Sire, puisque vous le désirez, je vais vous en fournir le moyen. Pour conserver le souvenir du léger service que j'ai eu le bonheur de vous rendre, placez un aigle au sommet de votre écusson ; comme cela vos descendants se souviendront qu'ils ont quelque obligation à ma race. — C'est accordé d'avance ! s'écria le prince et vous serez désormais le symbole de la souveraineté, et l'aigle, prenant son grand vol, s'éleva majestueusement dans les airs.

PIERRE.

J'aime cet aigle, moi, plus que toutes les autres bêtes !

JAVOTTE.

Laisse donc dire, Pierre, c'est si joli à présent.

GRAND'MÈRE.

En peu de temps le prince et la princesse arrivèrent à la ville, où ils furent reçus avec de grandes acclamations de joie. Je vous laisse à penser avec quelle satisfaction Tranquille s'étendit dans un bon lit moelleux, après avoir fait un excellent dîner.

A son réveil elle trouva, près de son lit, le roi son père et la reine sa mère, que la fée Gentille avait été chercher pour que la joie de sa filleule fût complète. Tranquille se leva à la hâte, impatiente de revoir Vif-Argent, qu'elle aimait déjà beaucoup. Tous les préparatifs du mariage étaient faits et on lui annonça qu'il aurait lieu à midi.

— Je regrette beaucoup, dit-elle, que la reine des Fées ne puisse pas y assister, mais ce serait trop lui demander.

— Non, mon enfant, car la voilà qui arrive, dit Gentille.

En effet, le beau char d'or ciselé et les chevaux volants s'arrêtaient devant la porte du palais, et on voyait la reine descendre accompagnée d'un homme et d'une femme âgés de quarante à cinquante ans, et dont la figure noble indiquait des personnages de distinction.

Le prince alla au-devant de la reine pour la recevoir et elle dit, en lui présentant les deux étrangers :

— Voilà mon cadeau de noces, prince, je vous amène votre père et votre mère que j'ai délivrés de la captivité où les méchantes Fées les retenaient depuis quinze ans.

Le prince se jeta dans les bras de ses parents qui l'étouffèrent de caresses et de baisers.

— Sire, dit-il à son père, remontez sur un trône qui vous appartient; je n'ai jamais voulu prendre votre titre. — Non, mon fils, je préfère le repos, vous gouvernerez et je vous servirai de conseiller, car je crois que vous avez la tête un peu vive, ajouta-t-il en souriant.

Puis chacun remonta dans le palais s'apprêter pour la cérémonie.

JAVOTTE.

Mais, grand'mère, Vif-Argent a-t-il oublié d'inviter à ses noces l'aigle, l'écureuil et la taupe?

GRAND'MÈRE.

Non certainement, il les avait priés d'y assister en se séparant d'eux.

JAVOTTE.

C'est que vous ne l'avez pas dit, grand'mère.

GRAND'MÈRE.

Je l'ai oublié. Un peu avant le départ du cortège pour la cérémonie, l'aigle, accompagné de l'aiglonne, sa femme; l'écureuil, conduisant par la patte sa fiancée, et la taupe en habit de gala, firent leur entrée au palais.

JAVOTTE, *riant aux éclats.*

Oh! grand'mère, comment était l'habit de la taupe?

GRAND'MÈRE.

Ce n'était pas un habit, à proprement parler; dans ses promenades souterraines, elle découvrait souvent de fort beaux diamants qu'elle faisait adroitement tailler par ses compagnes aux griffes aiguës, et, en qualité de doyenne des taupes, on lui avait fabriqué un collier qu'on lui attachait au cou dans les grandes cérémonies et une aigrette qu'elle portait fièrement sur la tête : c'est ce qu'elle appelait son costume de gala.

Vif-Argent eut beaucoup de peine à s'empêcher de rire en la voyant entrer ainsi empanachée, avec son monocle dans l'œil, mais il se contint et lui fit le meilleur accueil, ainsi qu'aux autres animaux.

JAVOTTE.

La taupe avait donc retrouvé son monocle, grand'-mère?

GRAND'MÈRE.

Il paraît; elle tourna dédaigneusement la tête en voyant entrer l'écureuil avec sa fiancée, mais Tranquille eut l'idée de lui présenter cette jeune personne qui lui fit une profonde révérence; cela radoucit un peu la taupe qui daigna répondre à son salut. Le mariage se célébra en grande pompe et chacun rentra chez soi fort satisfait.

JAVOTTE.

Et puis après, grand'mère?

GRAND'MÈRE.

Après? mais c'est fini.

JAVOTTE.

Ah!... je croyais qu'on finissait toujours les contes en disant : « — Ils furent très heureux et eurent beaucoup d'enfants. »

GRAND'MÈRE, riant.

Eh bien, soit, ma chérie : « Ils furent très heureux et eurent beaucoup d'enfants! » Es-tu contente?

PIERRE et JAVOTTE, sautant au cou de grand'mère.

Oh! oui, grand'mère, nous vous remercions beaucoup.

www.ingramcontent.com/pod-product-compliance
Ingram Content Group UK Ltd.
Pitfield, Milton Keynes, MK11 3LW, UK
UKHW031853260826
14628UKWH00002B/737

9 782019 271053